あなたの獣

井上荒野

角川文庫 17222

目次

砂

臨月になった妻のお腹は驚くほどまるく膨らんでいて、その曲線は、その頃いつも僕の頭の中にあった。

だから、僕はしばしば砂丘のことを考えた。砂丘はいつも夜だった。というのはたぶん、子供の頃に読んだアラビアを舞台にした絵本の挿し絵に、いくらか影響されていたのだろう。

僕の十年来の不眠症は、ひどいときもかるいときもあったが、とにかくその頃には僕はその病気にすっかり慣れてもいて、眠れない夜は、傍らの妻のお腹を眺めて過ごした。僕らは、二人で寝るには少し狭いセミダブルベッドのヘッドボードの上に置いた、くまのプーさんとはちみつ壺《つぼ》を象《かたど》った小さな電気スタンド――僕らの結婚のお祝いに、妻の女友だちから贈られたもの――の、豆電球だけ点《つ》けて寝ていたが、妻のお腹を眺めるとき、僕は手を伸ばしてそれを消した。すると一瞬真っ暗になったあと、アパートの前の街灯の明かりが窓から少しずつ部屋に忍び込んできて、僕の傍らに横たわっている曲線が、暗闇にぽうっと浮かんだ。スタンドの豆電球を点けているときよりもそのほうが、ずっと砂丘らしく見えた。

夏で、妻は薄いタオルケットをかけていた。それは妻のお腹のかたちを誠実にあらわして、寝息に合わせて静かに揺れた。象牙《ぞうげ》色のタオルケットだったから、まったく月明かりの下の砂丘のようだった。しばらく見ていると、僕はそれをめくりたくなった。あるとき、とうとうがまんできずにそっとめくった。するとまたしてもあらわれた象牙色の、木綿のネグリジェに包まれた曲線を、ずいぶん長い間見下ろしていたら、妻が目を覚ましてしまった。

妻の目は、僕に焦点を結ぶと同時に、脅えたように見開かれた。それから、妻は二、三度瞬きし、彼女らしい、思いやり深い目で僕を見た。

「眠れないの？」

「いや……夢を見たんだ」

言葉が口から出ると、嘘ではないように思えた。だが、「どんな夢？」と妻から聞かれたら、嘘を吐かなければならないだろう。

僕はそう考えたが、妻は何も聞かなかった。彼女のほうでも、僕から言い出すのを待っていたのかもしれない。結局妻は、再びゆっくりと目を閉じた。

妻はタオルケットを引き上げなかった。僕が彼女のお腹を見ていたことを知っていて、そこに触れてほしがっているようにも思えた。でも僕は、見ることはできたが触れなかった。触ると、それはさらさらとくずれてしまうような気がした。

僕は、注意深くタオルケットを引き上げた。

朝、僕は職場に向かって、自転車を飛ばした。

僕らが住んでいる町は、都心から電車で二十分ほどの、いわゆるベッドタウンだった。郊外だが、その辺りではいちばん大きな町でもあり、都心まで出なくても、たいていのものは揃っていた。ショッピングセンター、大きな病院、公園、映画館、散歩ができる川辺。

僕らがこの町に移ってきたのは、僕の職場の都合だったが、妻は「子供を育てるにはいいところね」と、ごく気に入っているようだった。だから自分も早く馴染《なじ》まなければと思いながら、僕は毎朝、脇目もふらず自転車を漕《こ》いだ――僕を匿《かくま》う職場目指して。

僕の職場は、町でいちばん大きなショッピングビル内にある本屋だった。ワンフロアの半分を占める大きな書店で、僕は店長を務めていた。それ以前は、同じチェーンのもっと小規模な支店にいた。今の店のリニューアルとともに僕が店長に任命されたのは、本社の偉い人がたまたま前の店を視察に来て、僕の本の仕入れかたや並べかたになにがしかの印象を受けたためらしい。

その人はいっぷう変わった感じの男性だったが、僕の周囲の人たちの彼に対する印象も、僕と同じかそれ以上であったようで、僕の「栄転」については、あれこれ言う人たちもいたようだ。気にしちゃだめよ、と妻は言った。じつのところ、彼女があまりに度々、何かにつけそう言ったために、僕は周囲の雰囲気を察することにもなったのだが、とにかく妻はことの成り行きを喜んでいた。すくなくとも、妻が子供を産む気になったのは、僕が店長になったからだろう。

僕自身は、以前いた店のほうが好きだった。規模も立場も、僕にはしっくりしていた。しかしいずれにしても、本に囲まれているのは幸福なことだった。本を眺めたり、本に触れたりすることは僕を落ち着かせたので、結果的によく働いたが、それは労働というよりも睡眠に近かったのかもしれない。

「店長、あいつら、また来てますよ」

その日、正午をまわった頃、倉庫で検品している僕のところへ、バイトの大桃《おおもも》君が言いに来た。

「ああ」

と僕は頷《うなず》いた。ドイツのSF小説の、美しい装丁に見惚《みと》れているところだった。

「いいんですかね、ほっといて」

大桃君は少し苛立《いらだ》ったように聞いた。

「何かしてるの？」

「いや……べつに。今はまだ、うろついてるだけだけど」

「それなら、いいよ」

大桃君はまだ何か言いたそうに、しばらくの間僕を見下ろしていたが、結局そのまま立ち去った。僕はそれから小一時間を倉庫で過ごしてから売り場に戻った。レジカウンターの中にいた、大桃君を含む四人が、回り道をするような視線で僕を見た。

「石田《いしだ》さん、休憩行ってきていいよ」

僕が声をかけると、お下げ髪のバイトの石田さんはちょっと微笑んで頷いたが、チェーン店のユニフォームであるオレンジ色の水玉模様のエプロンのポケットに両手を差し込んだまま、突っ立っていた。

「人数増えてますよ」

バイトのリーダー格の魚住《うおずみ》君が、するっと僕のそばに近づいてきて囁《ささや》いた。

「え……まだいるの」

「映画の棚のうしろにいますよ。さっきまではコミックのコーナーにいたんだけど、移動したんです」

映画の棚は奥まっているのでカウンターからは見えない。見える範囲には、客の姿はいつもよりまばらであるようだ。僕がそう思ったのがわかったように、「営業妨害ですよ」と大桃君が呟《つぶや》いた。

僕はあらためて店内を見渡した。――と、制服姿の女子中学生がひとり、エレベーターホールのほうから店に入ってきたので、全員がその少女に注目することになった。少女は、私立学園の校章が大きく入った薄い鞄《かばん》をぶらぶらさせながら、店内をゆっくり巡った。ときおり興味深そうな表情で、僕らのほうをちらちら窺《うかが》った。やがて映画の棚がある一画へ歩いていき、そのあとはもう出てこなかった。

少女を追っていたみんなの目が、再び僕の上に注がれるのがわかったので、僕は仕方なく映画の棚を見に行った。なるほど、たしかに増えていた。同じ中学の制服を着た少女たちが、棚の前に今日は十人ほどもたむろしている。

少女たちは、棚と棚の間の通路にほどよい間隔をとり、ある者は立ち、ある者はしゃがんでいた。喋《しゃべ》ったり、携帯電話を操作したり、あるいはぼんやりしたりしていた。本を読んでいる子もいたが、それは店の本ではなさそうで、基本的にその場の棚の本には何の関心も持っていないようだった。

少女たちがやってくるようになったのは、一週間ほど前からだった。最初は五、六人でやってきた。といっても僕は、ほかの店員たちから注意を促されるまでは、かくべつ気にもしていなかった。少女たちは仲間内でお喋りはしていたが、大きな声をたてるようなことはなかったし、立ち読みも、そもそも本を手に取ることすらせず、もちろん本を黙って持っていくようなこともいっさいなかったからだ。

ただ、彼女たちは毎日来た。毎日来て、何もしない、ということが、店員たちには気味悪く思えるのだろう。僕には、少女たちはこの場所に似合っているように感じられた。彼女たちは、この場所の、何かを嵌《は》め込んでみてはじめてあきらかになる欠落のような部分に、一人一人がぴったり嵌まり込んでいるような感じがしたのだ。

僕は、外国製の絵はがきをディスプレイしたスタンドの陰から、彼女たちを眺めた。それから、どうしてもそうしてみたくなって、少女たちが群れている通路を通り抜けた。

少女たちは行儀よく、少しずつ体をずらして、僕の通り道を空けてくれた。忍びやかなくすくす笑いが、生暖かい霧雨みたいに僕の背中にまとわりついた。

妊婦となった妻は、医者から適度な運動を勧められていたから、休みの日には僕は散歩に付き合った。

夏のはじめで、夕方川べりまで行けば、まだじゅうぶんに気持ちのいい風が吹いた。私鉄の鉄橋が見下ろす、広々とした川だった。対岸にはココア色の高層マンションの連なりが見えた。川に沿った遊歩道には、たくさんの人がいた。その多くは、僕らのようにぶらぶら歩いているカップルだった。

この中の何人かは、妻と同じように、適度な運動を勧められている妊婦かもしれない、と僕は考えてみた。だが、僕の妻ほどにまるく張りだしたお腹を携えている女の人はいなかった。砂丘を連れて歩いているのは僕だけだ。

ダムへ降りる斜面で、妻は僕の腕に掴《つか》まった。そのまま、水が流れ落ちるスロープを歩く白い鳥を眺めているときも、僕の腕に触れていた。

「あなたって、面白いわね」

再び歩きはじめたとき、妻は言った。

「こんな大きなお腹の女を連れて歩くのが、ちっとも恥ずかしくないのね」

僕は何と答えていいのかわからず、曖昧《あいまい》に笑った。すると妻は、僕の腕に巻きつけていた腕をはずした。ほとんど同時に、向こうから歩いてきた初老の男女が、僕らに向かって微笑みかけた。

「もうすぐですね」

男性のほうが言った。紺色のワニの絵がついたTシャツを着て、紺色の帽子をかぶっている。

「お楽しみですね」

女性が言った。誰にでも気安く声をかけてしまう彼女の夫に、多少困惑しているふうではあったが、きっと二人は遠くから僕らを見ながら、若い頃のことなどを思い出していたのだろう、と思わせた。

「重くって」

と妻は、両手をお腹にあてて、快活に答えた。

二人と擦れ違ってから間もなく、妻は溜《た》め息《いき》を吐いた。

「あの年頃の人たちって、どうしてああおせっかいなのかしら」

その口調が、さっきとは別人のように刺々《とげとげ》しいものだったので、僕は驚いて妻を見た。

妻は僕を睨《にら》み、それからお腹の上に目を落として、拗《す》ねた子供のような口調で続けた。

「ああいう馴《な》れ馴れしさって、ほんとうに理解できない」

「君はまるで病気の猫みたいだ」

今度は妻が、驚いた顔をして僕を見た。

「どうしてそんなことを言うの」

「病気の猫は、風で窓が鳴っても怒るからさ。病気ってことがわからないから、体の具合が悪いのは、悪いもう一匹の猫が自分のそばにいるせいだと思ってしまうんだ」

話しながら、これはうまくない喩《たと》えだったな、と僕は思った。これでは、まるで妻が病気みたいに聞こえてしまう。

いつかの夜のように、脅えを含んで見開かれた妻の目は、けれども、やはり間もなく湖面のように穏やかになって、

「帰りましょう」

と妻は、再び僕の腕をとった。

翌日、店に来る少女たちの数はさらに増えていた。

午前十時の開店から間もなく、二人、三人と集まりだした。この日は実用書のコーナー

を拠点としていたが、正午過ぎには、通路から溢《あふ》れだした子たちが、店のあちこちを歩いていた。

「あいつら学校行っていないのかな」

副店長の高畠《たかはた》君が言った。

「今、試験中じゃないっすかね」

バイトの中島《なかじま》君が言った。

「いや、期末はもっとあとじゃないか？　試験中にしたって、異常だけどさ」

「親とか教師とか、この状況を知らないんですかね」

「知らせなければ、知りようがないよ」

「万引でもしてくれれば簡単なんですけどね」

「そのへんはちゃんと計算してんだよ。女子中学生っていったって、最近の子は相当なことやってきてるからな」

スタッフたちはカウンターの中で、あきらかに僕に聞かせるように喋っていたが、僕は話しかけられはしなかったので、ただ聞くともなく聞いていた。

「……なんか、へんな臭いしませんか？」

石田さんがそう言ったとき、僕は思わず振り向いたが、彼女もやはり、僕ではなくて、魚住君に話しかけていた。

「うん。するね」

周知の事実だ、というように魚住君は頷《うなず》いた。

たしかに、微《かす》かな異臭があった。僕の気のせいではなかったのだ。魚の腸《はらわた》に似た重ったるい臭いの粒が、空気の中に交じっていた。

店内に散っている女子中学生たちの姿が、そんな幻臭を起こさせるのだと僕は思っていた。いずれにしても少女たちと、臭いのせいで、辺りの光景は紗《しゃ》がかかったように見えた。

妻が入院したのはその日だった。僕は早番に替えてもらい、仕事の帰りに病院に寄った。六人部屋の窓際のベッドの傍らには、義母が来ていた。

妻は病院から貸与されるピンクのストライプの寝巻きを着て、ベッドに横たわっていたが、陣痛はまだはじまっていなかった。医者からは、出産は明日の夜か明後日の未明だろう、と言われていた。

「……お客も騒ぎはじめて、業者を呼んで調べてもらう騒ぎにまでなったんです。通気孔の中で、鼠が死んでいたんですよ」

僕の話に義母は眉《まゆ》をひそめた。何も言わず、吸い飲みを持って洗面所へ消え、戻ってくると、

「あんまり、へんな話をしないでちょうだい」

と不自然な笑顔で言った。

「すみません」

僕はあやまったがちょっと不本意だった。少女たちのことは妻を脅えさせるかもしれないと考えて、異臭のことだけを話したのに。

「大丈夫よ」

妻は僕に微笑みかけたが、悲しそうな微笑みだった。

それで、僕はようやく後悔にとらえられ、

「ごめん」

と言った。


僕は義母を病院の外のタクシー乗り場まで送っていった。

病院のロビーには、会計を待つ人たちがまだ何人も座っていた。義母をタクシーに乗せたあと、僕もしばらくロビーの片隅にいた。

銀行にあるような長細いカウンターの向こうで、妻の寝巻きと同じピンク色の制服を着た事務員たちが、電話を取ったりお金を数えたり受け取ったり、忙しく働いていた。天井近くに取りつけられた電光掲示板がチカチカ光って、会計の順番が来た人の番号を報《しら》せていた。

産婦人科を母体にした総合病院であるせいか、待っている人のほとんどが女性だった。妻のような大きなお腹の人たちもすくなからずいた。彼女たちは砂丘というよりは、めずらしい植物のように見えた。辺りはとても静かだった——というより、彼女たちの存在が、その場の印象を驚くほどひっそりしたものにしていた。一瞬、僕の鼻腔《びこう》に、昼間店にたちこめていた臭いがよみがえった。

妻の病室に戻る前に、僕は新生児室の前を通った。さっき、義母が僕を連れてわざわざ——たぶん——遠回りしてそこを通ったときには、ガラスの向こうに鶴乃子《つるのこ》まんじゅうみたいに並んでいる白と肌色のものたちを一瞥《いちべつ》しただけだったが、今度は立ち止まってちゃんと見た。

豆粒のような赤ん坊たち。じっと見ていると、ときどき動いた。砂丘の中に匿《かくま》われていたものたち。こちら側に出てきてまだ間もなく、目が明いてさえいないのに、彼らはこのあと自分の身に起こることを、何もかもちゃんと承知しているようだった。

病室に戻ると、妻はベッドの上に半身を起こしていた。

「お母さん、帰ったよ」

じっと入り口に目を据えていたようだったので、僕はちょっと困って、わかりきっていることを言った。妻は頷いたが表情は変わらなかった。僕は目の前にいるのに、僕を透かして、まだ部屋の入り口を見ているような感じだった。

「明日は仕事を休もうかな」

僕はいっそう落ち着かなくなって、そう言ってみた。そんな必要ないわ、と妻は静かな声で言った。

「赤ん坊が生まれるのは、きっと明日の遅くだもの。それより、約束してほしいの」

「約束……」

「そう。ぜったいに仕事をやめたりしないでね」

どうしてそんなことを言うのだろう。鼠の話を気にしているのか。

「約束するよ」

妻の手が伸びてきて、僕の手を取った。導かれた妻のまるいお腹の上で、僕は自分の手の緊張が、妻に伝わらないことを願った。

それで、僕は翌日も仕事に行った。

少女たちもやはり来た。ベストを脱いで、紺色のスカートの上は白いシャツ一枚という恰好《かっこう》に衣替えしていた。

そのせいで辺りはいっそう白っぽく、まるで霧がかかっているような印象になった。僕はやはり砂丘のことを考えた。砂丘と、そこに棲息《せいそく》する動物たち。

あいかわらずほかの客の姿は少なかったが、三時過ぎに、ひとりの老女がエレベーターホールから猛然と歩いてきて、まっすぐにカウンターまで来た。

「どうしてあれを放っておくの？」

老女の正面にいたのは石田さんだったが、彼女は助けを求めるように周囲を見た。

僕が何か——何を言えばいいのかわからなかったが、たぶん、言い訳めいたことを——言おうとしたとき、魚住君がさっと進み出て、

「たいへん申し訳ありません、早急に対処いたしますので」

と、きっぱりした、むしろ老女を怯《ひる》ませるほどに威圧的な態度で言った。

老女は怯みながらも、頑《かたく》なな顔でその場から動こうとしなかったので、僕は少女たちのところへ行こうと思った。「対処」できるとは思っていなかったが、そうすればとにかく老女からは逃れられるから。だが僕よりも先に、魚住君がカウンターから出た。彼はすっすっと、フィルムの早送りみたいな歩調で、少女たち——今日は「PC」の棚の前に群れている——に近づいていき、やがて手前の棚の陰に見えなくなった。

魚住君はすぐに戻ってきた。さっきと同じようにすっすっと、何事もなかったようにカウンターに入ってきた彼に、

「どうだったの」

と僕は聞いた。

「どうだったって」

魚住君はばかにしたような笑いを浮かべた。

「あいつらはいつも通り、のうのうとしてましたよ。だから、解散しないなら警察を呼ぶと言ったんです」

「警察？」

僕はびっくりして聞き返した。

「警告ですよ」

「解散しないなら警察を呼ぶよ、って言ったのか」

「だから、そうです」

「でも、どの子に？」

「どの子って……知り合いがいるわけじゃなし」

魚住君は呆《あき》れたように僕を見た。彼の僕に対する態度がどんどん、これまでの彼らしく

ないものになっていくせいで、僕のほうは言葉がうまく出なくなってしまった。

「あ」

と石田さんが上げた声に、僕らはいっせいに同じ方向を見た。少女たちが動きはじめていた。来たときと同じように、二人ずつ、三人ずつと連れ立って、店から出ていく。

それこそ何事もなかったように、軽やかな足どりで。何人かは僕らのほうを見、つっき合ってくすくす笑い、中には笑いながら、軽く会釈してみせる子もいた。

「簡単なことじゃないか」

少女たちの姿が完全に僕らの目の前から消えてしまうと、取り散らかった僕らの注意を掃き集めるような口調で、魚住君が言った。それから彼は、

「櫻田《さくらだ》さん」

と僕の名前を呼んだ。

「櫻田さん、このことは、本社に報告しますけど、いいですよね」

「本社……」

はじめ僕はほんとうに、魚住君が何を言おうとしているのかわからなかった。第一、どうして魚住君はこんなに感じが悪いのか。

「昨日、みんなでちょっと相談したんですよ。本社の人に来てもらうことになると思う。

そのときには店長もいてくださいよ」

副店長の高畠君がそう言ったのとほとんど同時に、カウンター内の内線電話が鳴りはじめた。

みんなが息を詰めるようにして電話を見た。魚住君が身じろぎしたが、結局、いちばん近くにいた僕がとった。短く話して、電話を切った。

凝視している同僚たちに、

「なんでもないよ。子供が生まれたんだ」

と僕は言った。


そのあと間もなく、僕は職場を出たが、月が空の真上に昇るまで家にいた。ベランダに出て、ビールを飲みながら月を眺めた。

出産を報《しら》せる義母からの電話を置いたあと間もなく、もう一本電話がかかってきて、本社の人が夕方来ることを告げられた。だが僕はそれを待たずに、出てきてしまった。「櫻田さんがそれでいいなら、いいですよ、帰っても」と魚住君が言った。

状況は魚住君の予定通りに着々と進行しているのだろうということが、彼の口ぶりでわかった。僕は降格になるか、あるいはクビになるのかもしれない。そうなったら、妻との約束を破ることになってしまうな。

僕は紺色の月夜の上に、また砂丘を思った。砂丘は月に照らされ、起伏が奇妙なかたちの影を作っている。影の中には小さな生きものが潜んでいる。何匹も。それは少女たち――あるいは僕だ。

砂丘を眺めながら、僕は二缶目のビールを空けた。酒には強くないので少し酔ったようだった。それでようやく、病院へ行く決心がついた。

病室には義母がいた。ベッドの傍らで、椅子に腰かけもせず、この前の妻と同じように、部屋の入り口を見つめていた。

「眠ってしまったわ」

義母は月の光のような、冷たく湿った声で言った。

「あなたが来たのなら、私は帰るわ」

タクシー乗り場まで送っていこうとしたが断られた。娘のそばにいてやって頂戴《ちょうだい》。義母は僕が妻のベッドのそばの、さっき彼女が立っていた位置へ行くまで、部屋の入り口で見張っていた。

妻はほんとうに眠っていた。微《かす》かに眉《まゆ》を寄せ、短い呼吸を繰り返していた。汗はかいていなかったが、頬が普段よりも赤く、しっとりと見えた。両腕と胸元から上がタオルケットからはみ出していた。タオルケットで覆われた部分は、もうすっかり平らになっていた。

　僕はタオルケットをめくった。ピンクのストライプの寝巻きでくるまれた細い胴体を見下ろし、かつてそこにあったもののことを思い出そうとしているとき、妻がゆっくりと目を開けた。

「赤ん坊は男の子よ」

　まだ夢を見ているような口調でそう言った。そう、と僕は頷《うなず》いた。実際には、それが性別を持っている、ということに、いささか意表をつかれていたのだが。

「パパ、遅いでちゅよー」

　明るい声で呼びかけながら、看護師が赤ん坊を連れて入ってきた。

飴

妹は、僕が知らないうちにいなくなった。

ずっと病院にいた母が、ある日突然戻ってきて、見たこともない黒い服を僕に着せた。それはぶかぶかで、半ズボンの腰を二ヵ所、安全ピンで留めなければならなかった。

同じように黒い服を着た大人たちが大勢、台所やテレビのある部屋にいた。その中で僕が知っているのは祖母だけだった。祖母はガスコンロの前の、普段母が何か煮込んでいるときにそこに座って豆の筋などを取っている脚の高いまる椅子に座っていたが、僕がそばへ行こうとすると、まるで阻むように、じっと僕を見下ろした。それから、喪服の袖《そで》で顔を覆った。

泣いたのは祖母だけだった。父をはじめほかのみんなは、ただやたらと忙しそうにしていた。立ったり座ったりし、小声で囁《ささや》き合い、囁きが途切れると、用ありげにどこかへ行った。

家にやって来た人たちは、まず母のところへ行って言葉をかけたが、その度に母は同じことを答えた。ええ、大丈夫、もうね、仕方がないですものね。もうね、こういうのは運命だから。人々のひそひそした喋《しゃべ》りかたを難じるように、はきはきと快活に母は答え、僕は以後しばらく、「運命」という言葉を見聞きするたびに、あのとき母の頭上にあった蛍光灯の明るさを思い浮かべることになった。

祖母が僕の手を引いて、祭壇の前に連れていった。志緒《しお》ちゃんにお別れをしなさい。

志緒ちゃんって誰。僕は聞いた。志緒ちゃんは、あなたの妹よ。

祖母の口調は、僕が妹の名前を知らないことに憤慨しているようでもあったが、僕はそもそも自分に妹がいたことも知らなかった。母が入院するとき、じきに弟か妹ができるからね、と何人かの大人に言われていたが、妹ができたよ、と僕に知らせてくれる人はいなかった。

妹は、いつからいたの。

だから僕はそう聞いた。すると祖母は今度こそあからさまに憤然として、背後を振り仰いだ。父が慌ててやってきて、僕を祭壇から遠い場所へ連れていった。

そのあとは記憶が飛んでいて、次に思い出すのは、車の中だ。

大きな、真っ黒な車だった。火葬場へ行く車だったのだろう。僕は車酔いがひどくて、どうしても車に乗らなければならないときは、いつでも誰かがいろいろ世話を焼いてくれるものだったのに、そのとき、僕を気にかける人はいなかった。

僕は、母のもうひとつのハンドバッグみたいに、ただぽんと車に乗せられた。車が動きだすより早く、シートの臭いだけで気分が悪くなったが、懸命に耐えた。もしも今、大人たちの手を煩わすようなことになったら、黒い服を着せられて以来ずっとどこからか僕を見張っている何か恐いものを、大人たちがとうとう手に取って、僕にかぶせてしまうような気がしたから。

母は僕の隣の席に座っていたが、途中で、僕が酔うことを思い出したようだった。ほら、これ。そう囁いて、正面を向いたまま、機密フィルムを渡すスパイみたいに、僕の手に何かを握らせた。あのとき、母がどうしてそれを持っていたのかはわからない。それはセロハンに包まれたうす赤い飴だった。

僕が五歳のときの出来事だ。思い出すと、決まってその飴の味がよみがえる。

「櫻田くん」

僕は顔を上げた。冬、僕は十一歳で、五時間目の授業中、鋭い声で僕の名前を呼んだのは、清家《せいけ》先生だった。清家先生は、音楽専門の、女の先生だ。

「櫻田くん、飴を口から出しなさい」

僕はびっくりして、先生をまじまじと見た。


清家先生は、今年度のはじめに赴任してきたのだった。

黒いトレンチコートの下に鮮やかな花模様のワンピースをのぞかせて朝礼台に上がり、自分の名前と以前いた町の名前を言ったあと、教科書に載っている「野ばら」を聞き慣れない外国語で、ものすごいソプラノで歌った。

きつくパーマをかけた髪を肩まで垂らし、眉毛《まゆげ》が太くて、唇は真っ赤だった。背が高く、太っているというのではなかったが、しっかりした硬そうな体つきをしていた。今までに知っている教師の中でいちばん若い、と僕は思ったが、その日のうちに、クラスメートが「清家先生、三十五歳だってよ」という情報を仕入れてきた。

清家先生に注意された日の放課後、掃除を終えると、僕は再び音楽室へ向かった。渡り廊下の途中から、ピアノの演奏が聞こえてきた。昼休みや放課後に、清家先生はよく、ピアノを弾いていた。例のソプラノの歌がついていることもあった。

先生が来て間もない頃は、そういうとき、見に行ってみる子たちも何人かいたようだ。けれども夏頃には、音楽室にはいつでも清家先生がいるだけになった。次第に、清家先生がいるときだけでなくいないときも、授業以外で音楽室に近づく子はいなくなって、音楽室はその頃、清家先生の要塞《ようさい》みたいな印象があった。

だから僕は、そろそろと歩いていった。音楽室のうしろのドアは閉まっていた。その前を通りすぎ、廊下側の窓越しに、教室の中の清家先生を盗み見た。前のドアは三十センチほど開いていたが、僕は俯《うつむ》き、ピアノの前に座っている清家先生の、上履きと黒いストッキングの足首を見た。

僕は結局、そのまま音楽室を通りすぎた。廊下の端のトイレに入ってオシッコをし、トイレを出ると、来た道を戻った。再び、音楽室の前のドアに差しかかったとき、

「櫻田！」

という、清家先生の声が飛んできた。

清家先生が生徒を呼び捨てにするのを、それまで聞いたことがなかった。そもそも、僕の小学校の女の先生は誰も、そんなふうに生徒を呼ばなかった。僕は驚愕《きょうがく》し、ほとんど恐慌をきたしながら、ドアの前に棒立ちになった。

「櫻田、来たのね。入りなさい」

清家先生は、さっきより幾分やさしい声で言った。

僕が音楽室へ入っていくと、清家先生は僕を出迎えるように、椅子から降りた。僕の前に立ちはだかった先生の様子は、以前両親がテレビで観ていた洋画に出てきた、悪い召し使いを思い出させた。その女は策略を巡らせて、主人を自殺に追い込み、未亡人になった妻を、病院に閉じ込めようとするのだ。

「座りなさい」

先生が指しているのはピアノの椅子だった。言われるままに、僕は座った。

「何か弾いたら？」

ケーキを食べたら？　というような口調で先生は言った。

「弾けません」

僕はびっくりして答えた。

「弾けないことないでしょう。鍵盤《けんばん》を叩《たた》けば、音が出るんだから」

清家先生は乱暴な動作で僕の前に身を乗り出すと、ポーンと鍵盤を叩いた。

それからさっさと、生徒用の席に座ってしまった。コンサートの観客のようにこちらを眺めているので、僕は仕方なく、両手の指で適当に鍵盤を叩いた。

清家先生の顔を見るのが恐いので、自分の指だけを見ながら、むちゃくちゃに音を出した。ずっと指ばかり見ていると、それは僕から切り離された、すでに僕に無関心な生きもののように見えた。

やめていいと言われるのを待ちながら、僕は弾き続けたが、いつまでたっても清家先生は何も言わなかった。とうとうどうしようもなくなって、僕は弾き止め、おそるおそる顔を上げると、先生はもう僕を見ていなかった。退屈な授業が終わるのを待ちわびているときの僕らのように、頬杖《ほおづえ》をつき、窓の外を眺めていた。

家に帰ると、僕は妹と遊んでやった。

妹がオモチャのピアノを持っていたことを思い出して、僕は物入れから出してきた。それは父が妹のために買ってきたものだが、ピアノから出る音を聞いたとたん彼女が泣きだしたので、早々にしまい込まれていたのだった。

赤くてバラの花の絵がついていて、ちょうど僕の膝《ひざ》に載るほどの大きさの、ちっぽけな折り畳みの脚がついたピアノだった。僕はそれを、そうっと妹の前に置いてみた。妹はすぐに手を伸ばしてそれに触れ、キンと聞こえる軽い音が鳴ると、もう泣いたりはせず、ニコニコ笑いながらさらに鍵盤を叩いた。

妹は四歳で、餅《もち》みたいに柔らかい顔のてっぺんに茶色っぽいぽやぽやした髪の毛が渦巻いていて、たいていは母の手製のジャンパースカートを着ていた。この妹は、最初の妹がいなくなった翌々年に生まれたのだった。僕は彼女を疎んじるということはなかったけれど、どこか人形みたいにも感じていた。この子はいなくなった子の生まれ変わりだと、大人たちが言うのを幾度か耳にしたせいかもしれない。「生まれ変わり」という言葉には、「偽物」という言葉と似た感触があった。

妹は上機嫌で、キン、コン、キン、と、薄っぺらい鍵盤を叩いた。叩きながら、得意げな顔をときどき僕のほうへ向けた。妹自身がピアノに付属しているオモチャのようだった。

僕は音楽室の清家先生の真似をして、窓の外を眺めながら、妹のピアノを聴いた。

「清家先生は、男の人と住んでるんだってさ」

ある日友だちが言った。放課後、僕らは三人で鉄棒で遊んでいた。鉄棒の下には僕らが脱ぎ捨てたジャンパーやオーバーが積み重なっていて、尻上《しりあ》がりでくるりと一回転して鉄棒の上に腰かけると、音楽室の窓が見えた。僕はその中に、清家先生の黒々した髪が揺れ動くのを見ていたが、ほかの二人もそうだったのかどうかはわからない。

「四組の女子の誰かが、何か用があって日曜日に清家先生んちに電話かけたら、男の人が出たんだって」

「清家先生、結婚してんの？」

もうひとりの友だちが言った。

「してないよ、だから、同棲《どうせい》ってことじゃないの」

ふーん、という声を僕らは返した。しばらくしてから、「結婚してんの？」と聞いた友だちが、くすくす笑いながら、

「清家先生、背中にびっしり毛が生えてんだって、知ってた？」

と言い出した。

「夏、白いブラウスをぜったいに着ないのは、毛が透けて見えるからなんだって」

「見たやついるのかよ」

「竹内《たけうち》先生」

嘘吐け、と小突き合いながら僕らは笑った。竹内先生は僕らの担任の、四十歳くらいの男の先生だった。

「清家先生、赤ん坊食ってんだって」

最初に話し出した友だちがまた言った。

「おまえ、何言ってんだよ」

もうひとりが、ちょっとうんざりした声を上げたが、

「ほんとだよ、四組のやつが言ってたもん。流産とかで死んだ赤ん坊で、アメリカ人は薬を作るんだって。清家先生はそれを飲んでんだって。清家先生が自分で言ったんだって」

と、その友だちは言い張った。

「気持ちわりぃー」

「ぜったい、嘘だね」

ちょうどそのとき、清家先生が校舎からあらわれた。先生は校庭を一渡りぐるっと見渡すと、怒っているような力強い足どりで、校門に向かって歩いていった。コートを着ていなかったし、まだ僕らが遊んでいるような時間だったから、かなり奇妙な感じがした。黒いセーターに、鮮やかな緑色のマフラーをぐるぐる巻きつけていた。がっしりした腰の周りで、冬物にしては薄っぺらい感じのベージュ色のスカートが弱々しく揺れるのを、僕らは押し黙って眺めた。

僕は学校の名簿で、清家先生の住所を調べた。

僕らが住む町から、駅で二つ分郊外のほうへ戻る町だった。日曜日の昼食のあと、僕は自転車に乗って出かけた。

その辺りまで来ると、友だちの家もない。自転車でもっと遠くまで遊びに行ったことはあるが、その一画を走ったことはなかった。真新しい住宅街のところどころに、田畑が継ぎあてみたいに残っていた。

清家先生の住まいは、周囲の家に比べるとずいぶんくたびれた感じの建物だった。ふつうの庭つきの一軒家の端に二階に上がる外階段があり、錆《さ》びた手摺《てす》りの突端に、「201清家」という表札みたいなものが貼りつけてあった。

僕は自転車を停め、階段を上った。清家先生はいないような気がした。でなければ、朽ちかけたボロ家の片隅で、ドラキュラみたいに夜が来るまで眠っているに違いない。

でも、先生はいた。僕が部屋の前に立ち、このあとどうしようかと考える間もなく、そのドアはいきなり、勢いよく開いた。

まるで僕が来るのを待っていたようだったのに、僕が立っているのを見て清家先生はぎょっとした顔をした。それから、すっと何かをかぶったように薄く笑って、

「櫻田、来たのね」

と、この前と同じように言った。

清家先生の部屋は、アパートの外観と全然違う雰囲気だった。ふわふわしたもの、花模様のもの、レースがついたものに囲まれていた。散らかっているというのではないけれど、飾りものが多すぎて、クラスの女子たちが持っている筆箱を思い起こさせた。

小さい台所のほかは六畳ほどの部屋があるだけで、その部屋の三分の一はベッドだった。レース編みを繋《つな》げたみたいな、冬にはそぐわない白いベッドカバーがかかっていた。そこに座るようにと清家先生は僕に言った。

「コーヒー飲める？　まだ無理ね。紅茶に牛乳を入れる？」

僕はただ何度も頷《うなず》いた。清家先生は、鼻歌を歌いながらお湯を沸かしはじめた。青いニットの模様も飾りもないワンピースを着ていたが、体のかたちが、大きな青い砂時計みたいに目に残った。鼻歌は、やっぱり超音波みたいなソプラノだった。

「甘いもの、何もないんだけど……ホットケーキでも食べる？」

僕は答えなかったが、清家先生は気にしていないようだった。ずいぶん長い間台所にいた。ものが焦げる臭いがしてきて、やがて茶色いものを皿に載せて先生はあらわれた。

「あんまり上手にできなかったわ」

まるでお腹が空いていなかった——というか、ものを食べる気分ではまったくなかった——し、目の前に置かれたホットケーキは、これまで見た中でいちばんまずそうなホットケーキであったにもかかわらず、僕は食べた。

盛大に焦がしたらしくて、片側の表面が削られ、言い訳みたいにいちごジャムがべっとりと塗ってあった。焦げ臭くて、そのうえひどく甘かった。

「おいしい？」

と先生が聞き、僕は機械的に頷いた。

そのとき僕は、ベッドを降りて、小さなピンク色の折り畳みテーブルの前に座っていた。清家先生は母親のように僕の向かいに座って、自分は何も飲んだり食べたりせずに僕を眺めていたが、突然「ふふん」というふうに、笑った。

僕は、きっと怒られると思った。先生の家を探して、突然来てしまったこと、ホットケーキをおいしいなんて思っていないのに頷いたこと。そうして、先生は怒っているうちに、僕が授業中に飴《あめ》をなめていたことも思い出して、いっそう僕を痛めつけるだろう。

「電話をかけなきゃいけないわ」

だが、先生はそう言った。それから、僕を跨《また》ぐようにして、ベッドに上がった。電話機は、ベッドのヘッドボードの上にあったのだ。先生は受話器をとり、ダイヤルを回した。

「もしもし」

先生は僕をちらりと見た。だから僕は先生は僕の家にかけているんだと――どうしてうちの電話番号を、そらで覚えているのかはわからないが――思った。だが、次の瞬間から、先生はまったく僕のほうを見なくなった。

「……こんにちは。びっくりした？　あら。びっくりしてないの？　ふふ。どうしてそんなに小さな声で喋《しゃべ》るの？　ふふ。まあ、いいわ。……どうして今日、いらっしゃらないの？　私、待っているのよ。……今日はだめなのね。じゃ、来週は？　あら。わからないなら、私、また待ってしまうわよ。私、ずうっと待ってしまうわよ。ちゃんと説明してもらうまでは。切らないでね。切ったらまたすぐかけるわ。……どうして何も答えないの？　ふふ。まあ、いいわ。じゃあべつの話をするわね。今、生徒がひとり来ているの。ええ、そう、ここにいるのよ。あなただと思って、ドアを開けてしまったのよ。……本当だってば。男の子。五年生。名前はひみつ。だって、あなたに殺されたらかわいそうだもの。ふふふ。あははは」

清家先生は足をばたばたさせて笑った。スカートがまくれ上がり、左足の太股《ふともも》が半分まであらわになっていて、受話器を持っていない左手がずっとそこを抓《つね》っていた。

それから先生は、機械が止まるように笑いやめ、突然指の力が抜けたように受話器を置くと、

「帰りましょう」

と僕に言った。

先生は僕のあとからアパートの階段を下りてきた。

そして僕よりも先に歩き出し、僕のほうを振り返るので、僕は仕方なく、自転車を押して先生のあとに従った。

「駅のほうでいいんでしょう」

質問ではなく宣言みたいに先生は言って、僕が来た道ではない、おそらくずっと遠回りになる道をすたすたと歩いていった。家が増え、田畑が見えなくなって、景色は白っぽくなってきた。ふいに先生が振り向いた。

「あなた、担任は誰？」

竹内先生ですと僕は答えた。

「ここ、竹内先生の家よ」

真新しい、小さな一軒家だった。細長い庭に赤い実がついた木が生えていた。家とほとんど同じくらいの幅の駐車場があり、ぴかぴかの紺色のカローラが停まっていた。

「ホットケーキミックスを買わなくちゃ。それから洗剤。てんぷら油」

再び歩き出しながら、清家先生は歌うように言った。

「櫻田くん、てんぷら油、って覚えておいてね」

僕と先生は、駅前で別れた。てんぷら油、と言う間もなかった。「ほら、駅よ」と言うなり、先生はさっさと踵《きびす》を返したからだ。

どのみちスーパーマーケットは、駅の向こう側にあった。

二月になった。

一時間目の終わり頃から、雪が降りはじめた。

けれども午前中に、雪はみぞれに変わった。五時間目のはじまりに、同じクラスの男子二人が、竹内先生にぶたれた。

昼休み、外で遊べないので、二人の机をくっつけた場所で、僕ら数人でトランプをしていたのだった。始業のチャイムが鳴っても、区切りがつくまで遊んでいた。竹内先生が教室に入ってくる前に、僕らは自分の席に戻ったが、二人は机を元の場所に戻さなければならなかった。先生が来たとき、二人の机の上にはまだトランプが広がっていた。

でも、二人はとくに慌ててはいなかった。ゲームの楽しさはまだ続いていて、うしろの席の僕らとふざけた応酬をし、二人は笑いながら、竹内先生のほうに向き直った。すると竹内先生は「何を笑ってる」と恐ろしい声で怒鳴ると、つかつかと二人に近づいてきて、拳骨《げんこつ》で二人の頭をぶったのだ。

僕らは怯《おび》えて押し黙った。竹内先生は退屈な先生だったが、恐い先生ではなかった。叱るときも愚痴みたいにぶつぶつ言うだけで、怒鳴ったりすることはこれまで一度もなかった。女の先生が言うことを聞かない子の頭をぴしゃっとやることはときどきあったが、誰かが殴られるところを見たのははじめてだった。

「授業はもうはじまっているんだぞ」

次に発せられた竹内先生の声は、言い訳がましく、弱々しくもあったので、教室内の恐怖は怒りに変わっていった。僕らの怒りと当惑で、教室全体が半透明のやわらかいゼリーみたいにふるえはじめた。

僕は、僕だけがまだ感じている怯えを体の底へ押し込めた。竹内先生があんなふうに怒ったのは、もしかしたら僕のせいかもしれない。僕は昨日、竹内先生の家まで行って、停まっていたカローラのボンネットに石で傷をつけたからだ。

僕はそのことを、友だちに言ってしまった。清家先生がやったと嘘を吐いた。竹内先生がオオタたちを殴ったのは、清家先生のせいだ。清家先生が、竹内先生の車に傷をつけたからだ。相合い傘を書いたんだ。自分の名前と、竹内先生の名前をいれて。

清家先生が学校を辞めることを知ったのは、修了式だった。校長先生の長い話のあと、べつの先生が朝礼台に上がって、

「音楽の清家先生が、おうちの都合でお辞めになることになりました」

と言った。

清家先生の姿はなかった。だからお別れの挨拶《あいさつ》もなく、清家先生が辞めるという知らせは、春休みの過ごしかたの注意や何かの付け足しみたいだった。
僕は（きっと僕の友だちの何人かも）竹内先生を見た。竹内先生は見られていることを知っているみたいに、手元のプリントみたいなものの上に目を落としていた。

清家先生が辞めることになったのも、僕のせいかもしれない。僕はそう思ったが、竹内先生が怒ったときほどは疚《やま》しくならなかった。清家先生が僕の前からいなくなることに、どこかほっとしていた。

にもかかわらず、その日家に帰ってから、再び清家先生の家へ向かった。妹を連れて。自転車の荷台に座布団をくくりつけて、妹を乗せた。いつでも僕の自転車に乗りたくてたまらない妹は、大喜びだった。僕が妹を乗せて出かけるのを知って、母はちょっと眉《まゆ》をひそめたが止めはしなかった。母は僕が普段、妹を自転車に乗せたがらないのを知っていたから、ちょっとした気まぐれで近所を一周してくるくらいだと考えたのだろう。
でも、実際には妹にとっては長旅になるはずだった。しっかりつかまってろよ、と言い聞かせて、僕は勢いよくペダルを漕《こ》いだ。妹は歓声を上げて、僕の腰にしっかりと両腕を巻きつけた。

「どこ行くの、おにいちゃん」

十五分も乗った頃、妹は聞いた。辺りが見たことのない景色になってきたので、心配になったのだろう。

「もう少し」

と僕は答えた。ペダルを踏み込むとき、妹のこっちりした重みが感じられた。

「もう帰ろうよ、おにいちゃん」

僕は聞こえないふりをした。

清家先生のアパートは、この前来たときよりもさらに寂れて、すすけて見えた。辺りはしんと静まっていて、一階の大家さんの家さえ人が住んでいるような気配がまるで感じられず、その家はすでに廃屋のように見えた。

「誰の家？」

妹が聞いた。先生の家だよ、と答えると、階段を上る僕のあとをおとなしくついてきた。

この前と同じように、僕は油断していた。先生は、てっきりもうどこかへ行ってしまったあとだと思い、ドアノブに無造作に手をかけると、それはひどく軽い感触で易々《やすやす》と回って、ドアがふらりと開き、段ボール箱の前に蹲《うずくま》って何かしていた先生が、ぎろりと僕を睨《にら》んだ。

「櫻田」

先生はぞっとするような声で僕の名前を呼んだ。獲物を見つけた殺人者みたいに。

部屋の中はこの前とすっかり様変わりしていた。ふわふわしたものもレースも花模様も取り払われていて、かわりに段ボール箱がいくつも積み重なっていた。絵やカレンダーを貼っていたあとが、壁にいくつも白く残っていた。先生はのっそりと立ち上がった。この前と同じ青いワンピースを着ていたが、裾《すそ》のほうが埃《ほこり》で白く汚れていた。

「櫻田、来たのね」

先生はにんまり笑った。

「その子は妹？　こちらへいらっしゃい」

にやにやしながら近づいてきた。先生の手がぬうっと伸びてくるのと同時に、妹がぎゃあっと泣き出した。

僕は妹を抱きかかえて階段を駆け降り、自転車の荷台に乗せた。自転車を漕ぎ出しても、妹はずっと大きな声で泣いていた。

泣き叫ぶ妹は行きよりも重く感じられた。僕の中になぜかいちごの飴《あめ》の味がよみがえった。

僕は飴をなめながら、一生懸命自転車を漕いだ。

桜

私鉄一本で行けるのに、遠い感じのする町だった。人気も店の賑《にぎ》わいもない白々とした駅前に、温泉旅館の幟《のぼり》を立てたバンが一台停まっていて、車に寄りかかって煙草を吸っていた男が、僕らのほうへ歩いてきた。

「泊まりじゃないから」

僕の言葉を男は無視して、僕の連れの女に声をかけた。

「昌《あき》だろ?」

「平沢《ひらさわ》くん?」

昌は、大きな声を出した。

「やだ、何やってるの、こんなとこで」

「昌こそ何やってんだよ」

「結婚するんだよ、あたし」

男は、そこではじめて僕の顔をまともに見た。僕は、ちょっと笑ってみせた。

「まじっすか」

男は、再び僕を無視して昌に言う。

「てことは、実家に挨拶とか、行ってきたの？」

「いや、家は行かないけど、いろいろやることがあってさ」

「なるほどね」

そこで男は、看板でも見るように、僕を眺めた。

「あたしもう二十八だもん」

男の注意を引き戻すように昌は言った。

「そんなら俺だってそうじゃん」

男はもう少し何か言うか、あるいは昌が何か言い足すのを待っている様子だったが、結局二人とも黙っていた。男はその沈黙の間に俄《にわか》に不機嫌になったように見えた。

男の携帯が鳴り出した。おっ、と男はわざわざ声を上げて、電話を取った。はいはいお疲れさまでーす。そのまま駅舎のほうへ歩いていく。

「高校のときの同級生なの」

男の姿が建物の中に消えると、昌が言った。

「不良だったのに、かたぎになっちゃって。おかしいね」

「温泉なんてあるの」

「銭湯に毛が生えたようなもんだよ。温泉っていうには、かなり無理がある」

昌はくすくす笑った。身をすり寄せ、腕を絡ませてくる。

「言っちゃった」

「ん？」

「結婚するって、はじめて人に言っちゃった」

「ああ、そうだね」

僕は、さっき男に見せたのと同じ笑顔を作る。

「もっと大事にとっとけばよかったかな。こんなところで、どうでもいいやつに言っちゃって」

「そんなもんだよ」

「そんなもんだね」

昌は、僕の肩に頭をもたせた。

そっと振り返ると、さっきの男はまたバンのそばに戻っていた。僕に気づいて、急いで携帯電話を顔の前にかざした。


その家までは、バスを使うほどの距離があるらしかったが、昌は歩いて行きたがった。

僕に絡ませた腕はもうほどいて、久しぶりに散歩に出してもらった犬みたいにせわしなく、僕の前になったりあとになったりしながら歩いた。ああ、この店、まだあるんだ。この家の子と仲よかったの、でも、もう違う人が住んでる。ここで昔バイトしてたことがあるんだよ。うっそ、コンビニになっちゃってる……。

高校を卒業するまで、昌はこの町にいたのだ。上京して、バイト先で知り合った人に誘われ芝居をはじめた。ある小劇団で、僕と出会った。五年前のことになる。

僕にははじめての、昌には二つ目の劇団だった。僕は昌より四つ年上だったが、その劇団では昌のほうが二年先輩で、僕は昌に「食われた」男、ということになっている。

「今日、亮介《りょうすけ》さんの送別会だよ」

昌はふと振り返り、そう言った。

「間に合うように帰ろうね」

うん、そうだねと僕は答えた。同じ劇団のその男は、父親の体が悪くなり、劇団をやめて郷里に帰ることになっていた。

「岩田《いわた》さんとか、来るかしら」

「どうして」

「聞いてないの？　この前、亮介さんのこと、すごく責めたのよ。裏切りだって。そりゃ、亮介さんは岩田さんと一緒に劇団の創設にかかわった人だから、気持ちはわかるけど、ちょっと大人げないよね」

「酔ってたんだろう、そのときは、岩田さん」

今日は来るよ、と僕は言った。昌の足どりはゆっくりになってきて、今は僕のうしろを歩いている。

「親なんてどうだっていいじゃんって、あたしも思うけどさ」

昌は言う。

「人に強制できることじゃないからね、そういうのは」

うん、と僕は頷《うなず》く。昌は僕と並んだ。

「今日、送別会に行ったら、発表しちゃおうか？　あたしたちのこと」

「いいよ」

「いいよって、どっちの意味？　プリーズ？　ノーサンキュー？」

「プリーズ」

「本当？　いいの？」

「プリーズ」

　あははは、と昌は笑った。花曇りの日で、どこまで歩いても町はとろんと白っぽいままだった。夢を見ているときのように距離や時間の感覚が曖昧《あいまい》になって、駅からもうどのくらい歩いたのかよくわからない。

　昌がまた腕を絡ませてきて、うちはこの道の先、と教えた。大通りから枝分かれした細い道で、突き当たりには山が見えた。昌はそのまま僕の手を取って、引きずるようにして大通りを直進した。昌の家族には会わないことになっていた。僕ではない、昌がそう望んだのだ。

　工場の前を通り、スナックやピンクサロンが並ぶ前を通り、高さのない集合住宅の前を通った。白っぽい感じがするのは、桜のせいだと気がついた。道の両側に桜の木が並んでいるが、どれもまだ低くて、細い。ちらちらとついている花が作り物みたいに見える。

　夢みたいだなあ。僕はとうとう口に出してしまった。夢みたい、ね。昌は甘く答えたが、たぶん意味を取り違えたふりをしていた。

ぽつんと建っているバラックを、最初僕は納屋か何かだと思っていたが、近づいてみるとサッシのドアがついていて、昌が呼び鈴を押すと、男がぬうっとあらわれた。

「やあねえ、いるじゃん」

昌は笑いながら打ち解けた声で言い、それに合わせてほどけかけた男の表情が、昌のうしろの僕に気づいて、とたんに強《こわ》ばった。男は六十絡みで、ぼさぼさの髪を肩近くまで伸ばし、Tシャツにトレパンという恰好《かっこう》だった。年齢だか汚れだかわからないもので、全体的に浅黒い感じがした。

「何しに来たんだ」

「どうせいないだろうなあって思って来たのに、ちゃんといるんだもん、まいったなあ」

昌は、最初の口調を強引に守った。

外から見るより、家の中は広かった。半分が土間で、あとの半分が台所と茶の間だった。いたるところに本が積み重なっていた。

「結婚するんだよ、あたし」

僕を促し、茶の間のちゃぶ台の前に勝手に二人で座ると、昌は言った。

「その人と?」

ほかに言うべきことがないからというふうに、男は言う。うん、そう。昌は、嬉《うれ》しそうに頷く。

「櫻田哲生《てつお》さん」

僕は頭を下げた。

「哲ちゃん、こちらは内海《うつみ》さん。あたしの先生っていうか父親代わりっていうか、そんなふうだった人」

すでに僕に伝えてあることを、昌はあらためて言った。僕はもういちど頭を下げたが、内海さんはそっぽを向いていた。

「で？　何なんだ」

昌に言う。

「何なんだって、だから、報告に来たんじゃない」

「報告されたって、困るよ」

「お祝いくれなんて言ってるわけじゃないから。ただ、いちおう知らせたほうがいいと思って」

「知ってどうなることでもないけどな」

内海さんはのっそりと台所のほうへ行った。

「酒でいいんだろ」

三百五十ミリリットルの缶ビールを、とん、とん、とん、とそれぞれの前に置いた。

「何やってんだ、その人は」

内海さんは、昌にだけ話しかける。

「あたしと同じ。芝居やってるのよ。同じ劇団なの」

「ああ？　それで結婚して、食ってけるのか？」

「大丈夫よう。二人ともバイトしてるもん。彼、たまに家庭教師の仕事もあるし」

ちっ、という舌打ちの音が響いた。それは本人が意図したよりも、ずっと大きく響いたようで、内海さんはちらっと僕を見、

「まあ、俺が言えることじゃないけどな」

と呟《つぶや》いた。

「夜勤、まだやってるの？」

昌が内海さんに言う。早くもビールを一缶空けてしまい、自分で立って台所まで取りに行く。

「ガードマンは辞めた。一昨年《おととし》かな。今は、工場で惣菜《そうざい》詰めてる」

昌が近くにいないので、内海さんは胡坐《あぐら》をかいて膝《ひざ》に載せている足指に向かって喋《しゃべ》る。

「よかった。最近は物騒だもん、ガードマンは潮時だよ。もう歳だしね」

昌は僕と内海さんのぶんのビールも持ってきた。座るとき、さっきより僕に寄り添うようにする。

「まだここ、来てる子たちいるの?」

「前ほどはいない。でも、いるよ。今日も来るかもしれない」

「男の子? 女の子?」

「どっちもいる」

「来たら帰るわよ」

昌が僕に身を寄せすぎているので、僕には昌の表情がわからなかった。

「ここは登校拒否児の避難所になってるの」

内海さんが、私塾のようなものをやっている人であることも、僕はすでに聞いていた。

そのとき僕の携帯が鳴り出して、

「ちょっと」

と断って僕は外に出た。

来るとき畑と見えたところが、家の側から見るといちおう庭になっていた。

収穫したあとの畑だと思っていたのは、花が枯れた花壇だった。角のまるい石ばかりを集めて、きれいに縁が作ってある。

「今、いい？」

奈央子《なおこ》の声は、歌みたいに耳に届いた。そらでは歌えないが、聞き覚えのある歌。

いいよ、どうしたのと僕は答えた。

「不動産屋さんから電話があったの。N町に、とてもいい物件があるのよ。よその人にとられる前に、できるだけ早く見に行きたいんだけど、明日の朝、哲生さん、都合つくかしら？」

「ああ、大丈夫だよ」

「本屋さんの面接は、明日じゃなかった？」

「夕方、ちょっと行けばいいんだ。明日はスタッフと顔合わせするだけだから」

「じゃあ、本採用なの？」

「そう思っていいと言われたよ」

「よかったわ。家も明日決まるといいわね」

明朝の待ち合わせの時間と場所を決めて、電話を切った。庭の端に、桜の木が一本あった。来るときに見たのと同じような、低い、作り物みたいな木だ。意味もなくその木を眺めた。ずいぶん長い間見ていた。

家の中に戻ると、

「誰と電話してたんだ」

といきなり内海さんが言った。

「内海さんったら……」

昌が笑いながら制した。ちょっと、と僕は答えた。

「ちょっとって何だよ」

「内海さん」

「そういうとこ、ちゃんとしとかないと、一緒になんて暮らせないぞ」

「やめてよ」

昌はまだ笑っているが声は尖《とが》っている。

「母からですよ。買い物とか、頼まれちゃって」

僕はでまかせを言った。

「内海さんの頃とは違うのよ。いろんなことが。第一、昔は携帯なんてなかったじゃない」

昌は笑い続けようと努力している。

「そっちの人の親御さんには、もう挨拶《あいさつ》に行ったのか」

「これから」

昌が答えた。実際には、何の計画も立てていなかったし、僕は、昌を母親に会わせるつもりもなかった。

「遠いから。彼の家」

続けて昌がそう言ったので僕はちょっと困った。僕の家は都内だし、さっき僕は「買い物を頼まれて」と言ったのだから、内海さんだってそう思っているだろう。

「ふん」

内海さんはコップを呷《あお》った。僕が外にいる間に、二人は焼酎《しょうちゅう》を飲みはじめていた。昌が僕にも注いでくれた。家の中には、酒の匂いが満ちはじめた。僕らは押し黙って飲んだ。昌が喋らなくなったからだ。昌を窺《うかが》う僕の目と、内海さんの目とが合った。

「桜の木がありますね」

僕は思わず言った。

「さっき、桜の木を見ていたんです、電話のあとで。それで遅くなっちゃって」

内海さんは僕の顔をじろじろ見た。くだらない言い訳するんじゃないよ。きっとそう言うのだろう。

「花見でも行くか」

だが、内海さんはそう言った。

リュックサックを背負い、焼酎の一升瓶をぶら下げた内海さんを先頭に、僕らは出かけた。

氷や紙コップを買うために途中で寄ったコンビニの時計は、ちょうど午後三時を指していた。

「M大?」

と昌が聞く。

「ほかにないだろ」

内海さんが背中で答える。

「M大かあ」

昌は笑った。ふわっとした可愛らしい笑顔だった。

M大学のグラウンドを囲む金網に沿って、僕らは歩いた。グラウンドの端には、やっぱりちゃちな桜の木がゆるい間隔で植えられていた。しばらく歩いて、昌によれば十年以上前から放置されているらしい網の裂け目をひとりずつくぐって、大学内に入り込んだ。

たぶん大学内に、もっと見事な桜の木が立ち並ぶ人目につかない場所があるのだろう、と僕は考えていたのだが、金網をくぐったところに、内海さんはさっさと座ってしまった。昌も、突っ立っている僕の顔を面白そうに見てから、内海さんの隣に座った。

グラウンドの中央で、赤い短パンとランニングを身につけた学生たちが十人ばかり、整理体操をしている。

「今まで一度も怒られたことないんだよね」

持ってきたものや買ってきたものを按配《あんばい》よく並べながら、昌が言うと、

「怒る勇気があるやつが、いなかったんだろ」

と、内海さんは、この日はじめての笑顔を見せた。

「ふつうの子供が学校行ってる時間に、見るからにひねくれたガキどもを連れて、見るからに金のなさそうなオヤジが、菓子食わせたりしてるんだからな。誰も声かけられないよ」

「そういうことだったんだ」

二人は声を合わせて笑った。

それから内海さんは、加速度的に、人が変わったように陽気になった。もちろんそれは、彼が加速度的に、焼酎を呷った、ということでもあったが。

昌も——もともと酒が強い女ではあったが——内海さんに劣らぬ勢いで飲んだ。二人は、昌と同時期に内海さんの家に出入りしていた仲間について回想したり、それぞれが知っている消息を語り合ったりしはじめた。僕は缶ビールをちびちび飲みながら、二人の話を聞くともなく聞いていた。ぼんやりとうす水っぽい春の大気の中で。

僕の知らない人たちの話を楽しそうに続ける昌を、新鮮な気持ちで僕は眺めた。背が小さくて色白でぷくぷくしていて、歳より若く見られることをいやがって不良っぽい革のジャケットを羽織り、スリムジーンズを穿《は》く——僕に言わせれば、そんなスタイルがかえって彼女を少女っぽく見せていたが——昌。僕と結婚したがっている昌。

——と、内海さんがふいに、あいかわらず僕のほうは見ずに、

「彼氏はつまんないだろう、こんな話ばっかりじゃ」

と言った。それから内海さんは、リュックの中をごそごそした。

「ほら」

と彼が僕の前に開いてみせたのは、アルバムだった。色褪《いろあ》せたスナップ写真が何枚も整然と貼ってあり、内海さんの指の先に、セーラー服を着た昌がいた。内海さんはこれを僕に見せるために、わざわざリュックに入れて持ってきたらしい。

うわあと昌が叫んで、僕の顎《あご》の下に潜り込むようにして、ページをめくった。昌と同年

代の少年少女たちとともに、若い内海さんが写っているものも何枚もあった。内海さんの家は、昔も今もほとんど変わっていない。どこかの山の上の写真、海辺の写真。

ほら、お花見してるでしょう、と昌が教えてくれる。今、僕らがいる場所と同じ景色を背景に、少女の昌と、小学六年生くらいの男の子二人と、若い内海さんとが、青いビニールシートの上に座り、弁当や缶ジュースを囲んで、カメラに向かってピースサインをしている。端のほうに写っている桜の木はやはりちっぽけだ。この町の桜は生長しないのか。

「小便してくる」

ふらりと内海さんが立ち上がって、どこかへ行った。

すると昌は、もう、きゃあきゃあ騒いだり説明したりすることをやめて、黙って僕がアルバムをめくるのにまかせた。

僕は熱心に写真を見た。

どうして僕は、昌と別れることにしたのだったか、と考えながら。

そのことを、僕はこの町へ来るずいぶん前に決めていたのだった。

昌とは別れなければならない。なぜなら、僕は奈央子と結婚するからだ。

どうして僕は、昌ではなく、奈央子と結婚することに決めたのだったか。昌はずっと僕と結婚したがっていた。でも、長い間言わなかった。結婚したがっていることはあきらかだったのに。奈央子は、出会ってすぐ、一緒に暮らしましょう、と僕に言った。私たち、一緒に暮らさないといけないわ、と。それが、僕が奈央子を選んだ理由だろうか。

僕は芝居をやめたかった。でも、昌にはそれを言い出せなかった。昌が、僕にも――ほかの誰にも――芝居をやめてほしくない、と思っていることを知っていたから。それに、僕は自分がどうして芝居をやめたくなったのか、わからなかったから。

奈央子とは、半年ほど前に出会った。僕のバイト先の店に客として来たのだった。奈央子は、僕が劇団に入っていることすら知らない。ただ僕がバイトでその日暮らししていることだけを知っている。それで奈央子は、僕が定職に就く手助けをしてくれた。本屋の仕事を探してきてくれたのも奈央子だ。就職すれば日中の稽古《けいこ》には出られなくなるから、劇団はやめなければならない。それが、僕が昌を捨てる理由だろうか。

桜の花は、グラウンドの砂の色に溶けている。僕は目をしばたたく。

「おーい、来いよー」

どこからか戻ってきた内海さんが、グラウンドのほぼ真ん中で手を振っている。運動部員たちがいるところから、三メートルと離れていない辺りだ。

「ジェスチャーゲームをするぞおー」

合掌しながら、片足を上げ、くるくると回り出す。笑い声を上げながら昌が駆けていくので、僕も追った。運動部員たちも見ている。

「蛇つかい！　インド人！」

昌が叫ぶ。内海さんは、惜しい、というような素振りをしてから、今度は屈《かが》みこみ、手で地面を叩《たた》く。

「陶芸家！　蕎麦《そば》打ち！　脱サラしたサラリーマン！」

どうしてそういう答えが出てくるのか、僕にはさっぱりわからないが、昌と内海さんにとってはこのゲームは馴染《なじ》みのもので、二人にだけ通じる符牒《ふちょう》のようなものがあるのだろう。結局正解は何なのかわからないまま、内海さんはしまいには地面に大の字に寝そべって、それからむっくり起き上がると、

「じゃあ次、彼氏がやれよ」

と僕に向かって言った。

「いや、僕は……」

それは、内海さんが僕とまともに目を合わせたはじめてのときでもあったので、僕は動揺しながら、首を振った。

「なんだよ、あんたも役者なんだろ？　かっこいいところ、見せてくれよ」

「そうよ、やってよ哲ちゃん」

昌までがそんなふうに言う。

「僕は、いいですよ」

「なんで」

内海さんの表情が陰る。彼はごく低い声でそう言ったのに、たぶんその声の調子がそれまでと比べて突然、あまりにも暗くなったせいで、運動部員たちが揃って僕らに注目する。

「いいわよ、じゃあ、あたしがやる」

ことさらに明るい声で昌がそう言ったとき、校舎のほうから、紺色の制服を着た男がこちらに向かって走ってくるのが見えた。


警備員は、慇懃《いんぎん》に僕らをグラウンドから追い出した。

内海さんはびっくりするほどおとなしく従った。もしかしたら彼は、警備員が来るのを待っていたのかもしれない。

僕らは、内海さんの家の前で別れた。畑のような庭の入り口で、

「じゃあな」

と内海さんが言った。

「うん、じゃあね」

と昌も言った。

「また来るね」

「来なくていいよ」

内海さんがひどく疲れて見えるせいで、冗談のようには聞こえなかった。

僕と昌は、駅までの道を戻った。僕の先を行く昌の手を摑《つか》んでかるく引き寄せると、昌はちょっと驚いた顔をした。手を繫《つな》いで歩いた。

六時すぎの電車に乗った。発車してすぐ、スピードが上がる前に、電車が停まった。間もなく、隣駅で事故があったというアナウンスが流れた。

夕方の上り電車は空《す》いていて、僕らは二人掛けの席に並んで座っていた。事故……人身事故……車……などとたしかめる声が幾つか上がり、後方の車両から、制服姿の男子高校生たちがばらばらと入ってきて、僕らの横を通り抜け、先頭車両のほうへ走っていった。

「人身事故なの？」

と昌も僕に囁《ささや》いた。

「隣の駅なの？」

昌は独り言のように呟《つぶや》いた。その体が不安で強《こわ》ばっていくのが伝わってきた。

それで僕もつい、内海さんのことを考えた。僕らを見送ったあと、僕らが行くのと反対の方角へ——隣駅のほうへ早足で歩いていく姿。僕のことを見ないふりをしていたときと同じ表情で、警報機が鳴る踏切へ進入していく彼の顔……。

がたん、と電車が動き出した。踏切内で故障して立ち往生していたトラックを、牽引《けんいん》して撤去したというアナウンスが流れた。

「ああ、もう。やれやれ」

昌が大きな溜《た》め息《いき》とともに、幾分ばつが悪そうな声を上げた。上目遣いで僕を窺《うかが》う。僕は昌を愛《いと》しいと思った。だから彼女の表情が静かに変わろうとするのを見て、言うな、と心の中で願った。

「今日は、内海さんに会ってくれてありがとうね」

だが昌は言いはじめた。

「あたしね、好きだったの、内海さんのこと。もちろん昔の話よ。ほんの短い間だったけど、あたしたち、恋人同士だったの」

僕は微笑み返した。昌は僕の言葉を待つふうだったが、僕は何も言うことができなかった。

やがて昌が、僕の肩に頭をもたせて、

「送別会、もう間に合わないわね」

と呟いた。

窓

「スペイン語?」

古葉《こば》が言った。半分ほど入ったビールのジョッキを口元まで運び、飲まずにテーブルに戻す。

「スペイン語?」

トーンを変えて繰り返す。なんだか芝居がかっているなと僕は思う。千谷《せんたに》がバンドをやめたいと切り出したときも、科白《せりふ》を読んでいるみたいに聞こえたが、それよりもなおわざとらしい感じがした。

千谷は黙っていた。僕らは行きつけの居酒屋にいた。小上がりの、隣の客と衝立《ついたて》で仕切られた狭苦しい席で、テーブルの上にはいつも通りに焼き鳥の盛り合わせと肉豆腐とホッケの塩焼きが並んでいる。

その日もスタジオで練習した帰りだった。僕はヴォーカル、古葉がギター、北野《きたの》がドラムで、千谷はベース。おまえこの頃、なんかぺしゃってないか。古葉が千谷に、そう言ったのがきっかけだった。ぺしゃってるというのは、ノリが悪いとかやる気がないとかいうときに古葉が好んで使う言葉だ。といっても古葉は、冗談めかして言ったのだった。千谷の反応で、場の空気が一変した。

「スペイン語なんて習って、どうすんの?」

北野が言った。瘦身《そうしん》の古葉の二倍はゆうにある巨大な男だ。

南米に行くんだ、と千谷は答えた。

「あっちの写真を撮りたいんだよ。それでだめだったら、もう写真をやめる」

古葉が僕と北野の顔を順番に見た。僕らは写真の専門学校の同期生でもあった。僕は古葉と目を合わせなかった。どういう表情をしていいかわからなかったのだ。

「学校はどうすんだよ?」

結局、古葉がそう聞いた。

やめる、と千谷は言った。

「やめて、働く。旅費はそれで作る。親には当分、言わない。来年の学費を、スペイン語にあてる」

「へーえ、そこまで計画してんだ」

古葉は焼き鳥を歯でしごき取り、まずそうに咀嚼《そしゃく》した。

「じゃあ、もう、俺ら何言ったって無駄じゃん？　なあ？」

僕らはあいかわらず黙っていた。千谷の計画を、僕はもちろん知らなかった。にもかかわらず、千谷よりも古葉に苛々《いらいら》させられている理由を考えていた。

「フェスはどうするんだよ」

春に行われる、アマチュアバンドばかりが出演するロックフェスティバルに、僕らはエントリーすることを決めていた。観客投票で一位になれば、デビューのチャンスがある。

あんなの無理に決まってんじゃん、と千谷は言った。

「おまえらだってほんとのところそう思ってんだろ。ときどき思い出したみたいに盛り上がるだけで、まだ申し込みもしてないじゃん」

「なんだよ、その言い草」

気色ばんで腰を浮かせかけた古葉を、よせよ、と北野が引っぱった。

「おい、櫻田もなんか言えよ」

座り直すと古葉は僕に言った。北野も、千谷さえ、期待に満ちた目で僕を見た。

フェスのことは、実際みんな本気じゃなかった。バンドをやっているのは、学校で落ちこぼれている言い訳みたいなものなのだ。南米に行けばいい写真が撮れるものなのかどうかは知らないが、千谷が行きたいのなら、行かせればいい。第一、僕らに止める権利なんかないだろう。

みんな実際はわかっている通り、僕に言えるのはそれだけだった。本当は千谷に聞きたいことはほかにあった。でもそれは言えない。だから黙っていた。

「水餃子《すいぎょうざ》、遅《おせ》えな。注文通ってないんじゃない?」

北野が場違いな声を上げた。

居酒屋を出たのは十一時過ぎだった。沿線に住んでいる三人が駅舎の中に消えたのを見送ってから、僕は自転車を漕《こ》いだ。

自分のアパートとは反対側へ漕ぐ。各駅停車しか停まらない何の特徴もない小さな町は、古い邸宅が立ち並ぶ屋敷町に隣接していて、ふたつの町の境界線にあたる辺りで、自転車を止める。

その窓に灯《あかり》は点《つ》いていた。それをたしかめてから、来た道を少し戻った。いつも使う電話ボックスに入り、空で覚えている番号を押した。

呼び出し音が鳴り続ける。留守でないことはさっきたしかめたのだから、僕は待つ。十回、十五回。二十回鳴らして、一度切る。またかける。十回、二十回、三十一回目で、璃《り》子《こ》は出た。

「いいかげんにしてよ」

いきなり怒鳴るから、僕だと予測して電話を取らなかったのだということがわかる。それは悲しいことだが、つまり彼女は僕からの電話を待っていたのだと考えると、少し気持ちが明るくなる。

「千谷、来てないんだね」

わかっていることを僕は言う。

「さっきまでみんなで飲んでたんだ。千谷は璃子のところに行ったんだと思った」

何の応答もない。璃子はきっと、溜め息ひとつ、唇を舐《な》める音さえ僕に聞かせまいとしているのだろう。だがそれも僕にはひとつの気配だ。

「千谷、バンドをやめるんだってさ」

電話ボックスのガラスに映った僕の顔に向かって僕は言う。

「南米に行くんだって。学校やめて、スペイン語習って、金貯めて。知ってた？」

沈黙。僕は璃子の姿を思い浮かべる。華奢《きゃしゃ》な体。少年のような短髪（僕らの周囲にいる女の子の中ではひどく浮き上がって見えるその髪型は、セシルカットというのだと、僕は千谷から聞いた）。

璃子は今日、千谷が来ると思っていただろうか。だとすればきっと、僕が見たことのない服——スカートとか——を着ているだろう。

「知らなかったんだね」

僕がそう言うのと、ほぼ同時に、

「だから何？」

と璃子は言った。今度は僕が黙った。僕は璃子に答える言葉を持たない。僕が彼女に語りかけ続けるしかない。

「璃子」

だから僕はそう呼んだ。囁《ささや》くように。

電話が切られた。

その日は雪だった。

僕らは貸しスタジオにいた。千谷が「やめる」と言った日から、三日後のことだ。

スタジオの予約は午後八時からだったが、僕は少し遅れた。その日はバイトがなくて、家でビデオを観ていたからだ。レンタルビデオ屋で盗んできた『勝手にしやがれ』のビデオ。その頃はひとりでアパートにいるときはたいていそれを観ていた。ジーン・セバーグはたしかに璃子に似ている。これほど似ていたら、真似したくなるのも無理はないだろう。

「ごめん、雪になってんの気がつかなくて。自転車出せなくてさ」

僕は言い訳した。古葉がじろりと僕を一瞥《いちべつ》し、おもむろにギターを弾きはじめた。

「千谷は？」

僕は北野に聞いた。

「見りゃわかるだろ、いないよ」

古葉が怒鳴った。ギターを弾く手を止めたので、突然静けさが満ちた。ドン、と北野がドラムを叩《たた》いた。

「今日は来るって言ってたんだろ？」

「言ってたねえ」

北野がとぼけた調子で答えた。

「電話してみた？」

「かけたってどうせいねえだろ」

古葉が言った。

「やめる気なんだからさ。来るつもりなかったんだよ、はなから」

「でも、今日ここでもう一度話すことになってただろ？」

僕は言い募った。話し合いはどうでもよかったが、千谷に会いたかったのだ。今、僕と璃子を繋《つな》ぐものがあるとしたら、千谷だけだったから。

ぱしゃん、と北野がシンバルを鳴らした。

「つまんねえよ。来ないなら来ないでいいじゃん。なんかやってようぜ。金払ってんだからさ」

何やるんだよ？と古葉が尖《とが》った声で言った。

「19回目の神経衰弱」

北野はリズムを刻みはじめた。

「19回目の神経衰弱」をやり、「黒くぬれ！」もやり、そのあとオリジナルの楽曲を何曲か合わせもしたが、結局僕らは、レンタルした時間を残して、九時過ぎにスタジオを出た。

結果的にはそのことはよかった。少なくない数の人たちが、僕らの居所を捜していたから。

僕はこの夜も、璃子のアパートの窓を見に行くつもりだった。だが駅に着くと、同じ学校の男二人が、僕を見つけて駆け寄ってきた。しばらく前からその辺りで誰か知り合いがあらわれるのを待っていたらしい。

「知ってるか、櫻田?」

千谷が死んだことを、もちろん僕は知らなかった。

あいつ、ジーン・セバーグのつもりなんだよ。

千谷はそう言った。僕らがバンドを組んで間もない頃。僕が璃子を知って間もない頃。半年ほど前——夏休みに入る少し前くらいだ。

ジーン・セバーグ。『悲しみよこんにちは』のセシル。観てない? じゃ『勝手にしやがれ』は? ショートカットの、細っこい女優なんだよ。俺はべつにそそられないけど、あいつ、めちゃくちゃ憧《あこが》れてて。まあ似てるっちゃ似てるんだけどさ。本人には言うなよ。あいつ、ひみつにしてるんだから。え? いや、だから、ジーン・セバーグに憧れてることをさ。女の心理ってわかんないよな。真似してんのにひみつだって言われても、どうすりゃいいのって感じだよな。

あのとき千谷は酔っていた。酔わなければ、恋人のことなど聞かれてもはかばかしくは答えない男だ。だがそのときは、自分から話しはじめた。いつもの居酒屋で、古葉も北野も同じテーブルにいたが、二人は何かべつの話題で話し込んでいて、僕と千谷は二人だけで会話していた。

はじめは映画の話をしていたのだった。僕の二倍も三倍も映画を観ている千谷が、ろくな映画を観ていない僕に呆《あき》れつつ、自分の知識をひけらかしているうち――といっても、彼らしい控えめな口ぶりだったが――、ふとしたはずみで璃子の話題になったのだと思う。

璃子は千谷の高校の後輩だった。二人の郷里は九州だ。璃子は国立大学に行けるほどの秀才だったのに、千谷にかまけてバカになった。璃子の親は彼女が上京することを反対したのに、千谷のそばにいたいがために東京の専門学校を受けた。そういうことは千谷ではなく、古葉か北野か、あるいは誰かほかの男から聞いた。彼らは千谷から聞いたのか――あるいは璃子から聞いたのだろうか？　いずれにしてもどこまで本当の話なのかはわからない。たしかなのは、僕らが出会ったとき、二人は付き合っていた――すくなくとも、千谷は璃子と寝ていた、ということだけだ。だから僕は、そのことで千谷を恨んでいた。嫉《しっ》妬《と》からじゃない――彼がいなければ、僕は璃子に会わずにすんだはずだったから。

おかしな話だ。僕は璃子にはじめて会ったときのことを覚えていない。最初は僕らの学校に来たのだったか、千谷がスタジオに連れてきたのだったか。そのとき璃子がどんな服を着ていたのかも記憶にないし、髪が短かったことすら覚えていない。にもかかわらず、璃子が不意に、僕の前にあらわれたという印象だけがある。

突然、璃子はそこにいたのだ。僕の前に。そのときから僕にとっての世界には、璃子という女が加えられたのに、それは何かを失った感覚にも似ている。たとえば朝、目が覚めたら突然耳が聞こえなくなっていたとか、目が見えなくなっていたというような。

僕は、千谷を見下ろした。

千谷のただひとりの肉親である彼の母親――九州から上京してきた――が、僕らに見せたがったのだ。祭壇に安置された棺《ひつぎ》のまわりに、僕は北野やほかの数人の級友たちとともに座した。千谷の顔はふっくらとして女のようで、まるで千谷に見えなかった。それは彼が死んでいるせいなのか、墜落死という死にかたのせいなのか、司法解剖されたせいなのかはわからない。

何でもいいから知っていることがあったら話して頂戴《ちょうだい》ね、と千谷の母親は、僕ら一人一人の顔を見渡しながら、諳《そら》んじている外国語を口ずさむ人のように繰り返した。千谷は自分のアパートの駐車場で、奇妙な恰好《かっこう》で倒れているところを発見されたのだった。頭上には彼の部屋があり、窓から落下したのだろうと推測された。二階建てのアパートだから通常なら死ぬほどの高さではなかったのに、落ちかたが悪かった。不自然な姿勢で落ちたのは、酔っぱらっていたせいかもしれないが、部屋で揉《も》み合って突き落とされたという可能性もあると、警察は考えているらしかった。

葬祭場の係員に促され、僕らは参列者の席に移った。死因に触れることができないために、坊さんはまわりくどい曖昧《あいまい》な説教をした。長い話だったがその終わり頃、ようやく古葉が来た。警察に呼ばれていたのだ。隣に座っている北野が僕をつついた。北野が目顔で示したのは古葉ではなくて、璃子だった。璃子は遺族席に近いところに座っていた。通夜がはじまるときには来ていなかった。璃子は来ないのだろうと僕は考えていた。僕らより遅れてきて、僕らのうしろではなく前方の席に座っているのは、遺族に準じた扱いをされているせいだろうか。

焼香を終えて、ビールや寿司が用意された隣室に誘導されると、古葉も来た。どうだった？　と北野が聞く。

「どってことねえよ。型通り」

古葉はビール瓶を摑《つか》んでコップに注ぎ、一息に呷《あお》った。

「型通りって、何回目なんだよ、警察に呼ばれたの」

北野は自分の言葉にくすくす笑う。そんな振る舞いは北野らしくなく、いつも飄々《ひょうひょう》としているこの男でも動揺することがあるんだな、と僕は考える。

「俺ら、疑われてんの？」

とまた北野は聞く。僕らは飲食物が並んだテーブルから離れて、壁際の一角で顔を寄せ合い、こそこそと話していて、そのせいでぎゃくに注目を集めているようだった。

「だから形式的なものなんだよ。あれは事故だよ。千谷は酔っぱらって、部屋の鍵《かぎ》をどっかに失くして窓から入ろうとした。手を滑らせて落ちた。八割方そういうことだろうって警察も言ってる。第一俺ら、アリバイあるじゃん。スタジオにいたんだから」

「でも千谷が死んだのは、それより前じゃないのか。だって……」

しっ、と古葉が言った。古葉が示したほうを、僕らだけでなくその部屋にいる会葬者全員が見ていた。

部屋に入ってきたのは璃子だった。黒いワンピースは喪服に違いなかったが、体の細さや極端なショートヘアのせいで、ひどく場違いな感じに見えた。

璃子は傲岸《ごうがん》な表情で僕らの視線を受け止めると、さっき古葉がそうしたように、つかつかとテーブルまで行って、おもむろにビールを注いだ。一杯飲み干し、また注いだ。矢継ぎ早に三杯のビールを飲んだ。

それから璃子は再び僕らを見渡しながら部屋を出ていった。薄く微笑んでいるようにさえ見えた。あなたたち、よほど見るものがないのね、とでもいうように。

「彼女も警察に行ったのかな」

北野が言った。古葉は肩をすくめた。

「誰か行ってやらなくていいのかな」

言うって何を、と古葉は聞いた。意味を取り違えているのがわかったが、あるいは取り違えたふりをしたのかもしれない。

「違うよ、誰か面倒みてやらなくていいのかな、っていう意味。あぶないと思わないか。あの子まで飛んだりしたら……」

「それはないだろ」

「どうして」

「じゃあおまえが行ってやれよ」

古葉の語調が険しくなると、北野は僕を見た。

「つめたいな、おまえら」

「俺たちが行くとよけい悲しむんじゃないのかな。千谷を思い出させるから」

と僕は言った。

「こういうときは女のほうがいいんだよ」

古葉が言った。だが結局、その言葉が合図になったように、僕らは誰からともなく部屋を出て、璃子の姿を探した。

璃子は中年の男女の輪の中にいた。千谷の親族たちだろう。璃子は頷《うなず》いたり首を振ったり、ときおりハンカチで口元を押さえたりしていた。千谷の母親の姿はなくて、その役目を璃子が引き受けているような感じだった。男も女も、競い合うように彼女を慰めていた。千谷が璃子を捨てて南米に行こうとしていたことを、この人たちは誰も知らないのだろう。

僕らは結局、璃子に声をかけずにその場を離れた。

「南米の話はするなよ」

古葉は言った。彼に続いて、僕と北野も、警察に行くことになったのだ。

「南米に行くからバンドをやめるって千谷が言ったことは、警察に言うなよ。言うと面倒になるから。黙ってれば誰にもわからないんだから」

俺たち犯罪者みたいだな、と北野が笑った。いいな、わかったな、と古葉は念を押した。俺は話さなかったんだ、おまえらが話したら、おかしなことになるだろう？

「何で言わなかったのかな？」

連れ立って警察署へ行くバスの中で、北野が言った。

「そりゃ、面倒だっていうのはわかるよ。でも、言わないと、あとで面倒になったりしないか？　千谷が南米に行くつもりだったって、あとからわかったときにさ」

「僕らは聞いてませんでしたって言えばいいことだろ」

と僕は答えた。

「でも、俺らに打ち明けたことを千谷が誰かに喋《しゃべ》ってたら？」

「喋ってないだろ」

北野は不服そうに口を閉ざした。彼が璃子のことを考えているのがわかった。そうだ、璃子は、僕らが南米のことを知っていたのを、知っている。僕が璃子に言ったから。でも璃子も、南米のことを警察に言いはしないだろう。

僕はそう確信する。それから、南米という言葉を、頭の中で転がしてみる。それは地球上の実際の場所ではなくて、架空の星や空想の国であるかのようだ。

警察は古葉が言った通り、千谷の死は事件ではなく事故だとほとんど確信しているようだった。僕と北野は別々の部屋に呼ばれたが、僕を担当した刑事——小学校の教頭先生、といった風情の男——は、退屈そうに、事務的に質問した。僕と千谷との関係。最後に千谷に会ったのはいつか。千谷に恨みを持っていたような人間に心当たりはないか。

千谷を恨んでいた者がいるとしたら璃子に違いなかったが、南米のこと同様に明かさなかった。璃子のことを話したら、南米のことも言わなければならなくなる。それに——と、僕は思い直した。璃子が何をしたとしたって、千谷への恨みからではないだろう。

僕はひどく疲れてしまった。

通夜に行ったり、警察に行ったりした、そういうこと自体のせいではなく、千谷の死をどう考えていいかわからないせいだろう。悲しむことと悲しまないことの、どちらが正直なのかわからない死は厄介だ。

しかし日常は戻りつつあった。僕はバイトに出かけた。無断欠勤したことで、工場長から怒られた。その印刷工場で千谷も一時期働いていたことがあったが、ほんの短期間のことだったし、千谷の死はここまでは伝わっていなかったのだ。

シルクスクリーンを刷る職人の傍らで、僕は生乾きの版画をラックに掛けていく。工房にはもう一台刷り機があり、僕と同じ単純作業を、美大志望の予備校生だという男が今はやっている。

そこに千谷がいたのは去年の夏だった。夏休みじゅう働く約束で雇われたが、十日ほどで辞めた。その十日間は、毎日璃子が彼を迎えに来た。工房の入り口のドアは開け放されていて、廊下の暗がりのかたちに切り取られた長方形の中に、僕は璃子の姿を見た。

璃子はいつも、仕事が終わる定時よりも十分か二十分早く来た。気配に顔を上げるとそこにいた。僕と目があっても会釈するでもなく、千谷に声をかけることもなかった。千谷から声をかけられるのを待ちながら、結局僕らが工房を出るときまで、ただ立っていた。

千谷が戸口の璃子を無視して仕事をしている間、僕だけでなく職人たちまで気詰まりそうに、言葉数が少なくなった。その日のノルマが終わらず残業になっても、千谷は璃子に合図ひとつしなかった。仕事が終わると、「よう」と千谷は璃子に片手を挙げ、その横を通りすぎる。すると璃子はそそくさとそのうしろを追うのだった。千谷は毎回、璃子がそこにいることにそのときはじめて気づいたみたいに振る舞った。

千谷は突然バイトを辞めた。ある日僕が工房へ行くと、千谷がいるべき場所に工場長の奥さんが座っていた。千谷のことは誰も口にしないまま僕らは作業にかかったが、途中で一度だけ、千谷と一緒にやっていた職人が「最近の若いやつは自分のことばっかりだな」と言い、僕のほうの職人が「まあ、いつ辞めるかって思ってたけどな」と受けた。

それから彼らが、ぎょっとしたように戸口を見たので、僕もそちらに顔を向けた。いつものように璃子が立っていた。いつもと違うのは、璃子が僕を見てにこっと笑い、手を振ったことだった。僕の横の職人が「ちっ」と舌打ちするのが聞こえた。

そうしてその夜、僕は璃子の部屋で過ごしたのだ。僕は自惚《うぬぼ》れはしなかった。千谷がバイトを辞めたのも、璃子が今夜、僕に会いに来たことさえ、僕とは無関係な事情のせいなのだ、と考えた。

たぶん千谷と璃子は何かの理由で諍《いさか》いをしたのだろう。あるいは璃子が毎日工房に来ることを巡ってのやりとりかもしれない。千谷は苛《いら》立《だ》ってバイトを放り出し、璃子は腹立ちまぎれに僕と寝ることにしたのだろう。

そういうことが僕にはちゃんとわかっていた。だがそれでも、璃子は僕の鎖骨に額を押しつけて「おんなじインクの匂いだね」と言い、それから僕のシャツの襟元にすがり、そうっと顔を上げると「でも、やっぱり違う匂いもするね」と言ったのだ、それは事実だ。

古葉が金髪の男を連れてきた。

千谷の代わりのベーシストだ。古葉のあとから「ちーっす」と言いながらスタジオに入ってきた男は、ベースケースを背負ったまままずポケットから煙草を取り出し、北野から「すいません、ここ禁煙なんすよ」と教えられると、「あっ、はいはい」と笑顔で頷いたきりものを言わなくなった。

古葉が彼の経歴や、彼を探し出した経緯などを説明した。とにかくいちど合わせてみようということになり、僕らは彼も弾けるというストーンズのナンバーを数曲やった。

「カッコいいだろ？　彼？」

と古葉が言った。すごいっすね、と北野が言い、最高だね、と僕も言った。金髪男は実際、千谷よりもずっと上手《うま》かった。というか千谷はさほど上手いわけではなかったのだった。しかし僕らはそれ以上言葉が続かなかった。

「僕、ちょっと癖があるでしょ」

助け船でも出すように、金髪男は言った。

「問題ないよ」

古葉が言った。

「オリジナルを聴かせてくださいよ、あ、もちろんテープはもう聴いたけど……」

それで、僕らは三人で演奏した。ひどくやりにくく、気恥ずかしかった。早く終わらせることだけを考えながら僕は歌ったが、あとの二人もそうだったろう。三曲目の途中で金髪男が立ち上がり、てっきり加わるのかと思ったら、彼はスタジオの扉のほうを向いたまま動かなくなった。そこに璃子がいた。

奇抜な豹《ひょう》柄のコート。黒いミニスカート。化粧もいつもよりずっと濃い。夏、工房に来て僕に向かってそうしたように、璃子は手を振り、ニッコリ笑って、僕ら一人一人の顔を見た。璃子が来たことで僕らは演奏を終了できた。そしてそのまま、いつもの居酒屋に飲みに行った。金髪男の歓迎会をしなければならなかったし、璃子を連れていかない理由を誰も思いつかなかったから。

璃子はよく喋った。金髪男は、自分の前任者が不慮の事故で死んだことは聞いていたようだったが、その男の恋人が璃子であるとは思いもよらなかっただろう。古葉はフェスへの意気込みと、金髪男への期待を語り、僕らも調子を合わせた。誰も千谷の話はしなかった。その話をしないぶんだけ僕らはよけいに酒を飲み、酔っぱらった。

金髪男がくだらない冗談を言い、僕らはそっくり返って笑った。そうして僕は、璃子が嬌声《きょうせい》を上げ、白い喉元《のどもと》を見せながら、古葉にしなだれかかるのを見た。

いつものように、僕は駅前でみんなと別れた。ホームの上に古葉の姿がなかったので、そのあと、璃子のアパートへ行ったとき、窓に映る男の影が古葉だということがわかった。

晴天なのに寒い日だった。

冷水みたいな日の光が、キャンパスに濃い影を作っていた。

学食に一人座っている僕のところに、古葉が近づいてきた。

「朝？　昼？」

僕が眉《まゆ》をひそめると、それ朝飯なの昼飯なの？　と古葉は、僕の前のホットドッグを指さして言い直した。十一時過ぎだった。僕は登校したが講義には出ずに、学食にいたのだ。昼飯だと答えた。

古葉は自動販売機でコーヒーを買って戻ってきた。僕はもそもそして飲み込みにくいホットドッグを何とか食べてしまおうと努力しながら話すことを探したが、結局古葉が、

「昨日、見てたろ？」

と言った。

「何を」

と僕はとぼけた。知ってるんだよ、と古葉はやさしく言った。

「昨日、俺たちのこと見てただろ。璃子の部屋の前で。あいつに言われて俺も見たんだ、おまえが立ってるの。悪かったな。あやまられても腹立つと思うけど」

「いいよ、べつに」

と僕は言った。

「おまえが璃子のこと好きなの、何となくわかってたんだけど、なんつうかまあ、成り行きでさ。でも俺、璃子と付き合おうとか思ってないから」

「俺も付き合おうなんて思ってないよ」

僕は笑ってみせた。

「いや、俺、ほんとにさ……。ちょっとへんだよな、あの女」

バイトがあるからと言って、僕は古葉と別れた。学校を出たが、もちろん工場へは行か

なかった。いちばん近い電話ボックスに入り、璃子の部屋の番号を押した。二度の呼び出し音で、電話が繋《つな》がった。だが璃子は声を出さなかった。こちらの気配を窺《うかが》っている。僕が黙っていると、電話は切れた。僕はもう一度かけた。三十回鳴らしたが、璃子はもう電話を取らなかった。

僕はバスに乗った。

警察署の周囲は、学校よりも暖かかった。人の出入りが多いせいだろうか。学校より警察のほうが人気があるというのもおかしな話だな、と思いながら、僕は猫のように日だまりのほうへ導かれた。

そこは一般用の駐車場と、関係車両を停める場所とを区切る花壇のそばだった。僕はレンガの縁に腰かけて、自分は果たして本当に今から警察署の中へ入っていくことができるのか、その可能性は、どのくらいあるのか考えた。

グレイのセドリックが滑り込んできて、僕の前で停まった。降りてきた男は僕を一瞥《いちべつ》してから建物の中に消えた。調書を取った刑事だと僕にはすぐにわかったが、刑事はもうこちらの顔も忘れているようだった。

石

夏が来て、妻は喋《しゃべ》りはじめた。

それまでずいぶん長い間、彼女は口を利かなかった。

「あなたは、いつもいなかったわね」

妻がそう言ったのは、ベッドの中だった。朝、僕は目を覚まし、きっともうとっくに目覚めていて、時計のアラームが鳴るのをじっと待っているに違いない妻の髪に、うしろからそうっと顔を埋《うず》めると、いつものように身をよじって逃れることはせず、かわりにそう言った。

「あなたは、いつも、どこにもいなかった。私が本当に許せなかったのはそのことなのよ。

食事していても、子供を抱いていても、私の足の爪を切ってくれるときだって、あなたはいなかった。もうずっと前から、気がついていたわ。あなた、私が気がついていることを、知っていたでしょう?」

僕は黙っていた。答えられなかったのだ。でも妻も、僕の答えを待っているふうではなかった。

「あなたは、とても努力していたわね。毎日、夕食に間に合うように帰ってきたし、そうでないときは、電話をくれて、遅れる理由を、きちんと説明してくれたわね。あの説明は、たぶん、嘘じゃなかったんでしょう……あなたの中では。というのは、あなたには、嘘も本当も同じだからなのね。だってあなたは、いない人なんですもの」

怒った口調ではなかった。むしろやさしく、子供に言い聞かせるような——子供が知りたがっていることを、わかりやすく教えてやっているような言いかただった。

「そんなことないよ」

僕は、ようやくそう答えたが、妻の体はふわりと僕から離れた。彼女はベッドから抜け出し、服に着替えながら喋り続けた。

「あなたの声、機械みたいに聞こえるの。銀行のATMの案内の声みたいに。とてもやさしくて、いい声なのにね。それでも、暮らしていけると思っていたわ。あなたがいないのは、あなたのせいじゃないもの。本屋を辞めてしまったときだって、そう思ったから、許せたのよ。今度のことだって……あなたのせいじゃないのよ」

妻は、ゆったりしたチノパンツに、空色のTシャツを着、明るい茶色に染めた髪をまとめながら、振り向いて微笑んだ。

「私、喋りすぎね」

それから妻は、僕らの息子を起こすために、部屋を出ていった。

朝食の席では、妻は喋らなかった。

それまでは、僕と二人のときは黙りこくっていても、航《わたる》がいるときには普通に——僕が戸惑うほどに——会話していたのだ。しかしその朝、妻は僕にも、航にも、ほとんど口を利かなかった。息子から何か話しかけられれば、短く、必要なことだけ答えたが、上の空で、それこそさっき妻が僕に言った、機械みたいな感じだった。航が不思議そうに僕を見た。

「あなた、悪いけど今日、航を送ってくれないかしら？」

突然妻が喋ったので、僕はどきっとして、航を意味もなく見つめてしまった。

航もその朝から半袖《はんそで》を着ていた。やっぱり空色のTシャツだった。背中に、飛行機のアップリケがついている。

川の土手を通って、僕らは幼稚園へ向かった。遠回りだが、車の往来が激しい大通りを避けることができる。この子に排気ガスを吸わせたくないから、必ず川沿いを通ってねと、以前、妻から念を押されたことを覚えていた。僕が航を連れていくことは、久しくなかった。

家を出てすぐ、

「どうしてママが来ないの」

と航は聞いた。

「忙しいんじゃないかな」

と僕は答えた。航は大人みたいな表情で頷《うなず》いた。それからずっと黙っていた。土手を下りる頃、

「エリカちゃんのお母さんが、金髪になったんだよ」

などと言った。

「金髪？　外人みたいに？　どうして？」

わかんない。航はそう答えてなぜか不機嫌になり、再び口を閉ざした。

僕の靴の紐《ひも》がほどけて、結び直している間に、航は先に行ってしまった。振り返りもせ

ず、ただ、母親からいつも、勝手にひとりで行ってはだめよと言われているせいだろう、雲を踏むような歩きかたで、そろそろと離れていく。

斜め掛けした、航の体には大きすぎるような幼稚園バッグのストラップが、空色のTシャツに細かな皺《しわ》を作っている。小さな贈り物の包みみたいに見えた。

そのとき視界の端に、ひとりの男の姿が映って、「あ」と僕は声を上げた。航が振り向く。

「知っている人がいたんだ」

僕は息子に説明した。男は、航の三メートルくらい先にあらわれて、今は、僕らが登ってきた土手を下りていくところだった。

「お仕事の友だちかと思ったんだ……でも、違うかもしれない」

すでに男の後ろ姿しか見えなかった。航はちらりとそちらを見下ろしてから、僕のほうへ駆け寄ってきた。


家に戻ると、ドアには鍵《かぎ》がかかっていた。エレベーターでマンションの一階に戻って、郵便受けを開けてみると、鍵が入れてあった。

部屋の中には、朝食の匂いがまだ残っていた。キャベツと一緒に炒《いた》めてあったコンビーフの匂い。その中に、微かなオーデコロンの香りが交じっている。妻が外出するときにつけるコロンだ。

ということは彼女は、仕事先にでも出かけたのだろうか、と僕は考えた。コンビニとかマンション自治会の役員の部屋とか、すぐ近所までならコロンはつけないはずだから。僕が航と家を出たあとに、何か急な用事でも入ったのだろうか。

台所とダイニングは一続きのベランダで連結していて、ふたつのエリアのちょうど真ん中に、妻が結婚前から持っていた小さなまるテーブルが置いてある。アンティークショップで結構な代金を払って手に入れたと言っていた——結婚前は彼女の部屋で、このテーブルを挟んでお茶を飲んだりスパゲティを食べたりした。三人家族の食卓にするには小さすぎるから、今は窓際でファクスの台になっている。

ひと月ほど前、そのファクスの呼び出し音が鳴り出した。電話機と兼用だが、ファクスが送信されてくるときは電話とはべつの音が鳴るように設定されている。夜中だった。呼び出し音で僕も目を覚ましたが、たしかめに行ったのは妻だった。そんな時間にファクスが送られてくることがあるとすれば、彼女の仕事の関係しかないはずだったからだ。

妻はなかなか戻ってこなかった。僕はまどろみながら、そのことを気にしていた。気配があって目を開けると、妻がベッドの傍らに立ち僕を見下ろしていた。プリントされた紙を持って。

ファクスを送ってきたのは昌だった。無記名だったが僕にはすぐにわかったし、妻にも、それが僕の恋人からのものであるとすぐにわかるような内容だった。プリントは何枚にもわたっていた。昌は、僕と妻が出会う前から、僕と昌が恋人同士であったこと、僕と妻が結婚したあとも、僕と昌の関係は続いていたことを、まるで日記みたいに、克明に記録していた。実際昌は、日記をつけていたのだろう——僕が、仕事、その周辺の用事であると妻に偽り、昌と会っていた日は、この四年間に何度あったのか、それは何月の何日であったのかが、すべて記されていたのだった。


僕は、妻と話したいと思った。

今なら、航がいないから、妻は再び今朝のように喋《しゃべ》り出すだろう。

しかし、待っても妻は帰ってこなかった。そのうち僕が出かける時間になった。というよりも僕は、待つことにいたたまれなくなって、普段より早めに家を出てしまった。

僕は、塾に勤めている。

受験のためではなく、普段の学校の勉強に遅れがちな子供たちのための、小規模な私塾で、自宅から電車で一駅の町にある。

四年前、航が生まれてからしばらくして、僕は勤めていた本屋を辞め、この塾での仕事を見つけた。昌との関係が再開したのも同じ頃だった。

雑居ビルの四階のその職場に着いたとき、ちょうどその日最初のクラスがはじまるところだった。僕の受け持ちは次の時間からだったが、作文担当兼、受付業務の吉橋《よしはし》さんは、入ってきた僕を見るなり、

「遅いじゃない」

と言った。

「Bクラス、お願いしたいのよ。遠藤《えんどう》さんが来ないから」

「今日も来てないんですか」

「だから来てないから、頼んでるんだってば。あいかわらず自宅も携帯も留守番電話になってて埒《らち》が明かないのよ。早く行って。始業時間が遅れると、あの子たち親にちくるから」

受付と向かい合わせにふたつ並んでいる教室の片方からは、すでに塾長の声が聞こえていた。吉橋さんに追い立てられるように、もう片方に僕は入った。低学年の子供たちが六人、男女取り交ぜてその部屋にいた。塾とは言っても、保育所的に利用している親のほうが多い。

「えーんーどーうーせーんーせーいーはー？」

中ではいちばん年長に見える男の子が、歌うように聞いた。どの子とも僕は顔見知りではあるが、クラスを持ったことはないので、名前はよく覚えていない。

「遠藤先生は、お休みなんだ」

僕は言った。

「おーやーすーみー」

その子は仲間のほうを振り返って、吠《ほ》えるように言った。

「なーがーいー、おーやーすーみー」

小さな子たちが、くっくっくっと笑った。

今朝、僕が川原で見かけたような気がした男、それが遠藤先生だった。「違うかもしれない」と航には言ったが、遠藤先生に間違いなかったと、あのときから思っていた。

遠藤先生は僕より三つ上の四十三歳で、恰幅《かっぷく》がよくバタくさい顔立ちをした男だった。僕は彼を見るといつも、イタリア人の肉屋とか、スペイン人の大工とか――いずれもいいかげんなイメージだが――を連想したが、実際には彼が塾に来る前の職業は、編集者だったそうだ。

朗らかで面倒見のいい男だったが、僕は誰に対しても、どんな職場でもそうである通り、彼とも必要以上に親しくはならなかった。ただ、印象深い記憶もあった。

それは僕が塾に勤めはじめて間もなくの頃のことだった。僕のクラスにいた当時一年生の男の子が、授業中に熱を出したとき、その子の家まで車で送ってくれたのが、遠藤先生だった。

僕は車を持っていなかったし、その子の家までの道順もわからなかった。それで遠藤先生が付き合ってくれたのだ。遠藤先生が運転し、僕と男の子は後部座席に並んで座った。大丈夫大丈夫。そんだけ鼻水が出てるってことは、立派な風邪っぴきだよ。お母さんに玉子酒作ってもらって、あったかくして寝てれば、明日には治っているよ。遠藤先生は陽気な口調で、男の子というより僕を安心させるように、ずっと喋り続けていた。

男の子を家まで送り届けると、僕が助手席に移って塾までの道を戻ったが、そのときは遠藤先生は一転して無口だった。話しかけても面倒くさそうな短い答えが返ってくるだけなので、何か気分を害しているのか、具合でも悪いのだろうかと僕が考えはじめた頃、遠藤先生は突然車を止めた。

大通りの路肩だった。遠藤先生は車を降りると、来た道をすたすたと戻っていった。僕は驚いてあとを追った。二メートルほど戻ったところで、遠藤先生は立ち止まっていた。

その辺りは道に沿って小高い丘が続いている場所で、遠藤先生の前の斜面には、雑草に埋もれた黒い小さな石碑があった。

「殉職した技術者の慰霊碑だ」

と遠藤先生は言った。彼のうしろから僕も覗《のぞ》き込み、そこに刻まれている字を読んだ。

「この道路を作るときに事故か何かあったんですね」

遠藤先生は頷《うなず》いた。

「何の石碑なのか、ずっと気になってたんだ」

それから彼は車に戻った。僕も乗り込み、車が走り出すと、

「ああいうものは、日本中にどのくらいあるんだろうな」

と遠藤先生は言った。

「偉人でもない、普通の人の、関係者しか知らないようなさ。その関係者も、もうとっくに全員死んじまっていて、それがそこにあるっていうだけで、ほとんど誰からも顧みられないようなさ。そういうものを、俺は探して歩いて、ひとつずつ調べて、本にしてみようかなあ」

そうですねえ、と僕は曖昧《あいまい》に答えた。遠藤先生が真面目なのか冗談を言っているのか、よくわからなかったからだ。誰も読まねえよな、そんな本、と遠藤先生は独り言の口調で続けた。

「しかし、ひとりぐらいはいるかもしれんな。そしてそいつが、そういう面白くもない本を書いた俺というやつに興味を持って、俺のことを調べはじめ、俺の本を書くかもしらん。そうなったら、面白いな。それで、その俺について書かれた本を読んだ誰かが、その作者について調べるわけだ。そういう連鎖。はっは」

「ぷっつーん。ぷっつーん」

声は、年長の男の子のものだった。机の上に片頬をくっつけた姿勢で書き取りをしているのだが、鉛筆を持った手を動かしながら叫んでいる。

「だめだよ、静かにしなくちゃ」

僕は、算数の宿題を見てやっていた女の子から離れて、彼のそばへ行った。

「えーんーどーうーせーんーせーい、ぷっつーん」

男の子は僕を見上げて、いっそう大きな声で叫んだ。

「そんなこと言っちゃ、だめだよ」

「だってそうなんだもん。遠藤先生はぷっつーんと切れる。なー?」

男の子は顔を上げて仲間を見回し、子供たちは幾分困ったように、にやにや笑った。

「そんなことを言うもんじゃないよ」

僕は繰り返した。

その時間が終わるとすぐ、僕は非常階段で携帯電話を取り出して、自宅に電話をかけた。

「はい」

とすぐに妻が出た。

「帰ってたんだね」

僕は安堵《あんど》とともに言った。

「なあに？　どうかしたの？」

妻はのんびりと言う。

「いや……どこに行ったかわからなかったから、ちょっと心配してたんだ」

「そう」

妻があっさり電話を切りそうな気配があった。僕は慌てて、なんでもいい、もう少し会話を続ける言葉を探したが、妻はふと思い直したように、あなた、と言った。

「ちょうどいいわ。今、言うわね」

帰りに買ってきてほしいものでも告げるような口調だった。

「私、あなたと別れることにしたから」

「えっ」

「もちろん、住むところとか、手続きとか、いろいろあるから、すぐというのは無理だけど。できるだけ早く、出ていくわ。いえ……あなたのほうが出ていきたければ、そうしてもいいけど、そういうことも、決めなきゃいけないわね。今日はあなた、帰ってくるの？」

「帰るよ。でも……」

「今夜、ゆっくり相談しましょう」

「だめだ」

今度こそ妻が電話を切ろうとするのがわかったので、僕の声は大きくなった。

「だめ？　今夜、都合が悪い？」

「そうじゃない。別れるなんて、だめだ」

妻は僕がさらに言葉を継ぐのを待つふうだった。僕が何も言えずにいると、

「私、もう決めたのよ」

とやさしく言った。

「別れるしかないのよ。もう、あなたと一緒にはいられないわ」

「だめだ」

僕はばかみたいに繰り返した。

「それ、命令？」

妻はそう言ってから、くすくす笑った。

「テレビドラマの科白《せりふ》みたいね。全部、ドラマの中のことみたい。ねえ？」

「奈央子……」

「それじゃ、あとでね」

妻は電話を切った。


僕の指はすぐに機械的に動いて、もうひとつの番号を呼び出した。

応答したのは携帯電話の留守番メッセージの声だった。

「只今《ただいま》電話ニ出ルコトガデキマセン……」

昌は、惣菜《そうざい》デリバリーの会社で、フルタイムで働いている。車の運転をしているか、接客中なのだろう。

「留守番電話サービスニオ繋ギシマス……」

僕は何を言えばいいのだろう。そもそも僕はどうして昌に電話をしたのだろう。

僕は電話を切った。昌と再会したときのことを思い出した。連絡をしたのは僕からだった。昌に会いたくてたまらなくなり、あらゆる伝手《つて》を手繰って、彼女の居場所を探したのだ。

昌は結婚し、離婚して、僕らの家からさほど遠くない町に住んでいた。その町の駅前で待ち合わせした。夜。十一月のはじめで、少し寒かった。昌の息子の貫太《かんた》はその頃三歳だった。昌が着ている赤いスエットパーカの付属品みたいに、同じような赤のスエットにすっぽりくるまって、昌の手に繋《つな》がっていた。

二人がよく利用しているという、居酒屋と食堂の中間みたいな店で、唐揚げにした大きなもも焼きをひとり一本ずつ食べた。久しぶりだね、と僕が言うと、全然久しぶりって感じがしない、と昌は答えた。

何かが起きたって感じがしない。懐かしくもないし、思い出しもしない。あたしたち、別れてなんかいなかったみたい。

脂でべとべとになった貫太の口の周りを拭《ふ》いてやりながら、昌はそう言った。

夕方、家に帰ると、妻はキッチンのテーブルにノートパソコンを載せて、彼女の仕事をしていた。

コロンの匂いはもうしなかった。朝とは違う料理の——何か香ばしい香りだけが漂っていた。

「お帰りなさい」

妻はキーボードからちょっと顔を上げて、微笑んだ。ごくやさしい微笑だったので、僕は吸い寄せられるように妻のそばへ行った。

「奈央子」

僕は、タイルの床の上に跪《ひざまず》いて、妻の膝《ひざ》にすがった。

「別れるのはいやなんだ」

「大丈夫よ」

妻は、あいかわらずやさしく、僕を見下ろした。

「そんな気がしてるだけ。別れたって、あなたは大丈夫よ」

「彼女とは、もう会わないよ。ぜったいに」

「しーっ」

妻は、人差し指を唇にあてながら、襖《ふすま》のほうを見た。ドアが開く音で、航が飛び出してこないということは、眠っているか、何か熱中して遊んでいるのだろう。

「彼女の名前、何て言うの？」

ひそやかな声で妻に聞かれて、僕は一瞬、言葉に詰まった。

「言えないのね」

妻は笑って、パソコンを閉じると、立ち上がった。シンクのほうへ行く。

「昌」

僕は、妻のあとを追いながら言った。

「昌？」

妻は、水に浸してあった米をざるに上げた。炊飯器にセットし、冷蔵庫の中から、野菜を幾つか取り出す。

「昌とは別れるよ、今、君の前で電話をかけたっていいんだ」

「昌さんのことは、関係ないのよ。名前を聞いたのは、たしかめて、安心したかったからなの。そのひとが、ちゃんと存在するんだ、って」

妻は大葉を刻みはじめた。

「そのひとがいなくたって、私、あなたと別れたいのよ。あなたのこと、もうあんまり愛していないみたいなの」

妻はふいに振り向いた。微笑みを満面に湛《たた》えて。ぎょっとして僕は思わず身を引いた。

「起きたのね。お父さんに、お帰りなさいをおっしゃい」

妻は、僕のうしろの息子に言った。

トマトと玉子の炒《いた》めものをフライパンから皿に移すと、妻は冷蔵庫から、焼き茄子《なす》を取り出した。胡麻《ごま》だれがかけてある。

「これ、きらい」

航は、妻が取り分けてやった焼き茄子の皿を押しやった。それじゃ、トマトをたくさんおあがりなさい。妻は言う。

今日はほんとに、夏らしい献立ね。トマトに茄子に、隠元に……。茄子の胡麻だれを作ると、夏が来たって感じがするわ。誰に向かってというでもなく、妻は喋《しゃべ》る。

朝食のときは喋らなかったのに。僕はそう思い、恐くなった。まるで食が進まなかった。僕が考えていたのは妻のことばかりだった。しかし、食事がはじまって間もなく呼び鈴が鳴ったとき、昌だ、と思った。昌がやってきたのだ——彼女は、僕の家の詳しい場所を知らないはずだが、どうやってか調べて。僕がさっき彼女の携帯に電話したときの無言のメッセージに、何かを感じて。

そうして僕は、昌に会いたい、と思った。僕は妻と別れたくないと思っていて、そのためには昌と別れなければならない、と思っているのも本当なのに、昌が僕を救いにきてくれたような気がした。

妻の椅子のほうが玄関に近かった。妻はちらっと僕を見たが、いつもの習い通りに、彼女が玄関に立った。やあどうも、という男の声がした。

戸惑った様子で妻がこちらに案内してきたのは、遠藤先生だった。いつも塾に来るときと同じ、ワイシャツにズボンという姿——やっぱり、朝見かけた人影と同じだ——で、額の汗をハンカチで拭《ぬぐ》いながら、ニコニコと笑っている。

「突然お邪魔して申し訳ない。すぐ帰るからね。ちょっとだけ、挨拶《あいさつ》に寄ったんだ」

「挨拶？」

航が強ばった顔で僕を見た。人見知りなのだ。

「どうぞ、お座りになって」

妻がグラスと取り皿を持ってきて言った。そうですか、じゃあ遠慮なく。遠藤先生は、妻の向かいの椅子に座った。

「ほう。焼き茄子ですか。夏らしいテーブルですね。今日はほんとうに暑かった」

遠藤先生のグラスに僕がビールを注ぐと、遠藤先生は僕にも注いでくれた。彼は妻のほうにもビール瓶を傾けたが、妻は手を振って断った。

「じつは石を探しに行こうと思っていてね。日本中を探して回るから、長い旅になると思う。石といっても、川原の石ころじゃあありませんよ。石碑ですね。道標でもいい。俳句とか町の謂《い》われが書いてあるやつじゃなくて、誰だかわからない人間のことを偲《しの》んでいるような、ほとんど誰も覚えていない出来事を記録しているようなやつ……」

いつか僕に聞かせたのと同じ話を、遠藤先生はした。僕に話したことは忘れてしまったようだった。石の本を書き、その本をどこかで手に入れた人が遠藤先生のことを調べて書き、それを読んだ人がまた……と、連綿と、以前よりもずっと細かく話した。

妻が僕の顔を見た。悲しそうな表情をしていた。

「塾はどうするんですか」

ようやく途切れた話の間に、僕は聞いた。

「それは、まあね」

遠藤先生は、ビールをグラスに二杯飲み、焼き茄子を少しだけつまんだ。それから、

「それじゃ、お食事中失礼しました」

と立ち上がった。

妻は立ち上がらなかった。僕が玄関まで送っていった。遠藤先生の、グレイのワイシャツの背中には大きな汗のしみができていて、微かに匂った。

「ほんとうに、突然悪かったね。じゃあ、また塾で」

石を探しにいくのなら塾ではもう会えないだろう。僕はそう思ったが、黙っていた。

「素敵な奥さんと可愛い子供さんだね」

片手を挙げて、挨拶代わりのように遠藤先生はそう言った。

僕らは……。

その言葉を僕は発しなかった。ただ、もう少しで口に出しそうになった。僕らは別れるんです。僕はそう言おうとしたのだ。そんな言葉はいったいいつの間に僕の中にあらわれたのか。

ドアの向こうに遠藤先生が消えるのとほぼ同時に、妻のアンティークのテーブルの上のファクスが鳴りはじめた。

南

僕はいつでも璃子を訪ねた。

昼間も夜も、夜中も、朝方にさえ。それは僕の都合というよりは、璃子の恋人のせいだった。僕は彼の行動を見張り、彼が璃子の家にいないときを選んでいたのだから。

そのことに璃子が気づいていないはずはなかっただろう。だが何も言わなかった。

璃子の部屋の呼び鈴を、僕が押す、ドアが開く、はじめは五センチほど開く隙間から、璃子が僕を見る。そこに立っているのが恋人ではなく僕だと知って、璃子の目に、俄雨《にわかあめ》みたいに失望が降りこめる。

それでも、璃子はいつでも僕を中に入れてくれた。薄く微笑みさえして、ドアを押し開き、僕の先に立って部屋に戻った。

　時間によっては、璃子は食事の途中だったり、仕事から帰ったばかりだったり、あるいはパジャマ姿で、半分眠っているようなときもあった。いずれにしても、僕が紐靴《ひもぐつ》を脱ぐのに手間取り、ようやく部屋に入ったときには、璃子はすでに着ているものを脱ぎはじめていた。


　璃子の恋人をはじめて見たのは、十一月の終わりだった。

　駅の改札口を出たところで、前を歩く男が鞄《かばん》の中からマフラーを取り出すのを僕は見た。ベージュの毛糸のそのマフラーは、璃子が編んだものだった。それがわかったのは、ターミナル駅のショッピングモールで彼女が毛糸を買うところを見ていたからだ。僕は男のあとをつけた。男は璃子の家とは反対のほうへ向かったが、それはケーキを買うためで、店を出ると踵《きびす》を返し僕がよく知っている道を歩きだした。

　痩《や》せた背の高い男だった。璃子よりも（むろん僕よりも）ずいぶん年上のようだ。洒落《しゃれ》た黒いコートを着ていた。高速道路の高架下を通り、ブティックや小さなイタリア料理店がぽつぽつと並ぶ大通りをしばらく歩いて、ふいと横道に入ると、古びた家屋と駐車場と、葱《ねぎ》畑が混在する一画に出る。その中の一軒のアパートに、男は思った通り入っていった。

僕は、そこに行くといつもそうするように、アパートの外階段の陰に隠れて、二階の気配に耳を澄ませた。ドアが開く音がして璃子の歓声が響いた。きっとケーキの箱を見て喜んだのだろう。それから、ドアが閉まった。

階段の陰から璃子の部屋の窓は見えない。だが、じっと座っていると、四角く滲《にじ》んだ灯《あかり》のかたちが目に浮かんだ。そこに映る二人の影もはっきりと見えた。

かつてもそうだった。僕が十九歳の頃。それは六年も前のことだが、璃子に千谷という恋人がいたあの頃から、僕はずっと、同じ場所に座り続けているような気がした。

六年前、千谷が死んだあと、間もなく璃子はアパートを引き払った。

僕は行方を追わなかった。千谷の死とそれにまつわる事どもに僕はすっかり消耗し、その消耗に乗じて璃子を忘れようと考えたからだ。

だが、僕は忘れなかった。数年を経て、ある日僕はごく自然に璃子の居所を探しはじめた。璃子に会おう。そう決めさえすれば、璃子を見つけるのは簡単だった。古いアドレス帳をめくって二、三本の電話をかけ、適当な嘘を二つ三つ吐いただけで、璃子の現住所と電話番号は手に入った——他人に愛想よくしたり必要ないことを喋《しゃべ》ったりするのが、年々ますます苦手になってきた僕としては、自分がそれだけの能力を発揮できたことは新鮮な驚きでもあったけれど。

璃子が住む町は、ターミナルに近い私鉄駅だった。璃子の性格からして、その町のファッショナブルな雰囲気からというよりは、交通の便で選んだのだろう。アパートは、いかにも寝に帰るだけというような佇《たたず》まいだった。

璃子の居所がわかると同時に、僕はそれまで勤めていた印刷工場を辞めた。璃子のことをあらためてもっと知るには、自由になる時間が必要だったから。

新しいバイト先は、璃子が住む町で探した。べつの沿線の先にある僕のアパートからは小一時間の距離だが、かまわなかった。実際璃子を見つけてから、僕は自分の部屋にはほとんど帰らなくなった。

そうして、僕は璃子の日常を観察しはじめたのだった。

僕が璃子の家を訪れるのは、千谷のせいだ、と璃子は考えているに違いない。

だが違う。千谷ではなく、璃子の恋人のせいだ。僕はあの男を見つける以前は、璃子をこっそり眺めはしても、自分の姿をあらわすことは考えていなかった。

璃子が編んだマフラーを巻いて彼女の部屋へ入って行った男は、その日、零時近くなって出てきた。駅に向かって小走りになったので、終電を逃すまいとしているのがわかった。

僕は一瞬――男のあとをつけようかと――迷ったが、結局、璃子の部屋への階段を、このときはじめて上がっていったのだ。

部屋のドアは水色だった。八世帯ある各部屋のドアだけが、最近塗り替えられた様子だったが、そのせいで逆に建物の古さと汚さがあらわになっていた。ドアの横の呼び鈴の、そっけない白いボタンを僕は押した。駆けてくる足音がして、ドアはすぐに開いた。

璃子は笑顔だった。男が戻ってくることしか考えなかったのだろう。笑顔は僕を見て消え、璃子は目を見開いた。だがそれも一瞬のことだった。

「こんにちは」

と璃子は静かに言った。見ようによっては微笑を浮かべているともとれる表情で。まるで、僕が来ることを先刻承知していたかのように。

そういう璃子の反応をひとたび目にしてみれば、それは僕にとってもごく当たり前のことに思えた。

狭い台所と六畳間だけの部屋だった。

モノトーンの花柄のカーテンは掃き出し窓には長すぎ床にたるんでいて、横幅は逆に足りなくて窓の半分がはみ出ていた。デコラのローテーブルも赤いカラーボックスも、いかにもありあわせという感じでちぐはぐで、散らかっているわけではないのに、引越し荷物を運び込んだばかりの部屋みたいな印象があった。

先に立って部屋へ戻った璃子は、コンロに薬缶《やかん》をかけた。どこに座れとも言ってくれないので、僕は座敷と台所の境目辺りに曖昧《あいまい》に突っ立っていた。暖かそうな赤いタートルネックのセーターと、ブリーチしたスリムジーンズを璃子は着ていた。髪を長く伸ばしていることに、そのときあらためて気がついた。腰に届くほど長いまっすぐな髪を、うしろでひとつに結んでいる。髪の房を視界に入れなければ、六年前のセシルカットのときとさほど印象が違わないのだった。髪型のほかは璃子はまるで変わっていなかった。あいかわらず少年のようにこざっぱりと痩せている。

そして璃子が振り向くと、僕が知っていた六年前の璃子と、この何週間か物陰から盗み見ていた璃子とが、その顔の上にひとつに溶けた。璃子が今幾つになっていようが関係なかった。目の前にいるのは璃子そのものだった。璃子。僕は感極まって、口の中で呟《つぶや》いた。

その日のうちに僕らは寝たが、そうなる前に幾らか話しもした。

「どうしてた?」

璃子のほうが先にそう聞いたのだ。紅茶カップに入れたインスタントコーヒーを、僕に手渡しながら。六年間も会っていなかったのだから、そう聞くのは当然と言えば当然だが、いかにもとってつけたような感じだった。その証拠に、住んでいる町のことや辞めた仕事のことを僕が答えても、璃子はまるで関心を示さなかった。辞めて、今何をしているのかも聞かなかったし――この町でアルバイトをしていると言わずにすんだのは幸いだったが――、僕がどうやって璃子の家を尋ね当てたのかさえどうでもいいようだった。

「バンドのみんなと、会ったりしてる？　みんなどうしてるのかしら。古葉さんとか北野さんとか千谷さんは」

僕はぎょっとして璃子を見た。璃子は流し台にもたれて、コーヒーを啜《すす》った。二人ともずっと立ったままだった。

「千谷は……」

「ああ、千谷さんは、南米に行ったのよね」

璃子は僕を遮って言い、僕をじっと見返した。僕はもう何も言わなかった。璃子の本意はわからなかったが、千谷のことはもうそれ以上話したくない、と思っていることだけはわかったからだ。

会話はそこで途切れ、僕は璃子に近寄った。腰を抱き、唇を重ねようとすると璃子は顔を背けて「あっちで」と言った。僕を押しやり、座敷へ行って、押し入れから布団を出した。

その上で璃子に覆いかぶさったとき、傍らのローテーブルの上に置かれた額が、ちょうど目の位置に来た。璃子の恋人の顔を、僕はあらためて目に焼きつけた。

それは僕にとって、璃子との二度目のセックスだった。

最初に体を合わせてから、今までずっと璃子に触れなかったことは、信じられない思いがした。

触れられなかった月日の長さとか、六年越しにようやくもう一度触れたことへの感慨というのではない。六年という月日は一瞬で消えた。璃子にはじめて触れたのはつい昨日のことのように思えた。そして、それとは矛盾する印象として、もう何年も何年も、僕と璃子とはこうして体を重ね合わせてきたような感じがした。

璃子の家を訪ねた翌日、僕は仮病を使ってバイトを休んだ。そして璃子の会社がある町へ向かった。

以前、出勤する璃子のあとをつけて、勤め先を知っていた。一階が豆腐屋の雑居ビルの二階の小さな会社だったが、社名にパブリッシングとついているから出版関係なのだろう。璃子を観察していたときと同様に、僕は朝から夕方まで、雑居ビルの向かい側の本屋やゲームセンターや、喫茶店を転々とした。そうしながら、璃子の恋人を見張った。もちろん璃子の姿を見ることもできた。昼休み、食事に出てきたときだ。何人かの同僚たちと一緒だったが、その中に恋人の姿はなかった。男はそれよりしばらく前に、男二人で出てきて、べつの方向へ歩いていった。璃子と彼の関係はひそやかなものだ。そのことは、前夜璃子自身から聞いた。

もう三年にもなるわ。セックスのあと、目顔でテーブルの上の写真を指して、そう言ったのだ。会社に入った年から付き合ってるの。同じ部の課長なのよ。でも、まわりの人は、誰も知らない。彼、奥さんがいるの。十二歳の娘も。

僕が彼の写真を気にしていることに、璃子は気がついたのだろう。だが、写真を目に留めるような場所に、璃子はわざと僕を誘ったようにも思えた。もしかしたらこうして僕が男を見張りはじめることまで、璃子は予測していたのかもしれない。

夕方、璃子の恋人は、璃子よりも先にビルを出てきた。そのまま駅のほうへ向かううしろを、僕はつけた。璃子と時間差で出て、あるいはどこかで待ち合わせでもしているのだろうかと考えたが、男はこの日はまっすぐ家へ帰るようだった。電車を乗り継ぎ、二時間あまりかけて、郊外の駅で降りた。僕も続いた。

駅からの十五分ほどの道のりを、男は早足で歩いた。商店街を過ぎたあとは寂しい一本道で、彼が突然振り返ることを僕は恐れたが、男の頭にあるのは一刻も早く家に帰り着くことだけであるようだった。やがて、植え込みに縁取られた一画があらわれた。同じかたちのテラスハウスが奥に向かって何棟も並んでいて、小さな町のような場所だった。オレンジ色の常夜灯に縁取られたペーブメントへ踏み出す一瞬、男が不思議そうに振り返ったので、僕は入り口を通り過ぎるしかなかった。最初の角でUターンして戻ったが、男の姿は見あたらなかった。家に入ってしまったのだろう。

そろそろと、僕はペーブメントを進んでいった。家々の窓には明かりが灯り、無数の常夜灯と合わさって、その場所全体がクリスマスのデコレーションみたいだった。耳を澄ますと声や音が聞こえてきた。話し声、笑い声、テレビの音、水の音。音は夜の大気の中を舞い、どの家から洩《も》れてきたものなのかわからない。璃子の恋人の姓名を僕は知らなかったので、彼の居場所を知る手だてはなかった。

僕は意味もなく歩きまわった。歩いても歩いても同じ家ばかりだから、何巡しているのかもよくわからなかった。ふと気がつくと、自分が璃子であるような気持ちになっていた。悲しさや寂しさが募ってきた。

それで僕は踵《きびす》を返すと、璃子の元へ向かった。夜更けてその部屋の呼び鈴を押すと、璃子は僕がしてきたことを知っている顔でドアを開けた。

クリスマスの前まで、僕ら——僕と璃子と、璃子の恋人——は、そんなふうに過ごした。男が璃子の家にいないときには、僕が彼女と一緒にいる。男がいるときには、僕は外の階段の下にいる、でなければバイトをしている。男も僕も、璃子の部屋にいないときには、僕は男を見張っている、でなければ遠くから璃子を眺めている。

男はいつでも駅から璃子の部屋へと直行し、そこから出てくるときは家へ帰るときだった。二人が一緒に外出することはなかったが、一度だけ並んで歩いているところを見た。ひどく冷え込んだ夜、たぶん璃子はコンビニで何か買うものがあったのだろう、帰る男と一緒に部屋を出てきた。

璃子は男の腕に自分の腕を巻きつけていた。男が璃子を見下ろして何か言い、璃子が答え、男は璃子の腰を抱き寄せた。男は璃子が編んだマフラーを巻いていた。コンビニで璃子は男と別れて、僕は男のほうを追った。駅前で彼がマフラーをはずし、鞄《かばん》にしまうのを見てから、来た道を戻った。

璃子はまだコンビニにいた。雑誌売り場で、雑誌を手にしてはいたが、読んではいなかった。窓の外を見ていた。それで僕は、璃子が尾行に気づいていたことを知った。僕が店に入っていくと、璃子は雑誌を棚に戻して「帰りましょう」と言った。

十二月に入ると、町はクリスマスらしく飾り立てられた。璃子が住む町は、同じ規模のほかの町に比べても、とりわけそのムードが濃いようだった。ブティックや料理屋が、派手ではないが気の利いた飾りつけをしていた。僕がバイトしているファストフード店では、金と緑の渦巻き模様の三角帽子を店長が持ってきた。

その帽子はふたつあり、ひとつは自分が被《かぶ》ると店長は言った。もうひとつ、誰か被ってくれるかな？　アルバイトの女子高校生と、大学生の男が、互いに相手を指差し合いながら笑った。僕、被りますよ、と僕は言った。全員が笑いやめて僕を見た。

「櫻田くん？　いいの？」

店長が言った。老成した、幾分くたびれた感じの男だったが、実際には新卒で、僕よりも歳が若いので、櫻田くん、と呼ぶときにいつでも妙な発音になった。

僕は頷《うなず》くかわりに帽子を手に取り被ってみせた。三人は曖昧《あいまい》に笑った。

「柴田《しばた》さん、クリスマスは無理だよね？」

店長が女子高校生に唐突に言った。そのとき僕と大学生がカウンターに入っていて、女子高校生は早番を終えてもう帰るところだった。店長会のような会合から帽子を持って戻ってきた店長とともに、彼女は客席に座っていた。そこは小さな、あまり忙しくない店だった。

「えっ。クリスマス？」

「ああごめん。ローテーションの話。小橋《こはし》くんが、二十五日の遅番替わってほしいって言ってて」

「なーんだ、誘われてるのかと思っちゃった。いいですよ、イブじゃないなら」

「イブはだめなんだ？」

「それは、まあ、いろいろと。小橋くんみたいな理由じゃないけど」

「いや違うんだよ、俺もそういうんじゃなくてさ」

「小橋くん、顔赤いよ」

ひとしきり笑ったあとで、みんなは何となく再び僕に注目した。

「櫻田さんは、そういうのないの」

女子高校生が仕方なさそうに聞いた。予定を立てるということが僕にはできないから、二十四日も二十五日も、請われるままに遅番を入れていたのだ。

そうか、璃子はクリスマスはどうするんだろうな、と僕はそのときあらためて考えた。

璃子というか、あの男は。

「昼間は人に会うかもしれない」

そう答えてみたとき、なぜか僕の中に浮かんできたのは千谷の顔だった。それまで、通夜のときに見た千谷の死に顔が、まるで洋服カバーみたいにそれ以前の生きている千谷の顔を覆い隠していたのに、このときは生きている千谷があらわれた。璃子が「千谷さんは、南米に行ったのよね」と言ったことを思い出した。

「学生時代の友人が、南米から帰ってくるんです。僕たち、三人で食事をするかもしれない。僕と、彼の恋人だった女性と、彼と」

本当にそうだったらどんなにいいだろう、と僕は思った。南米から戻ってきた千谷。今では彼の恋人ではなく、僕のものである璃子。それに僕。

僕はほとんど自分に向かって喋《しゃべ》っていたから、目の前の三人には怪訝《けげん》に思われても仕方がなかった。ずいぶん間があってから、「南米から帰ってくるんじゃ、たいへんだよね」と言ったのはやはり女子高校生だった。

外国人の二人組が「コンニチハー」と言いながら入ってきて、店長はなぜか慌ててとんがり帽子を脱いだ。

クリスマスイブは土曜日だった。

そのことに気づいたので、僕はバイトに行かなかった。璃子の恋人は、今日は彼女の元へは行かないのではないか、と考えたのだ。

夕方、僕はターミナル駅のデパートで、小さな小鳥がついた銀色のネックレスを買った。安物だったが、きらきら光る石が嵌《は》め込まれていてきれいだったし、小鳥の表情がどことなく璃子に似ていた。

週末、璃子の恋人は彼女を訪れたことがない。彼は週末は家族と過ごすのだ。僕はそのことを知っていた。璃子のアパートへ行き、念のために階段の下で耳を澄ませた。笑い声も、二人がセックスするときに必ずかけるCDも聞こえてこないことをたしかめてから、階段を上り呼び鈴を押した。

璃子はやっぱりひとりだった。服を脱ごうとするのを僕は押しとどめて、プレゼントのネックレスを渡した。璃子はリボンを解き、包みを開けた。ネックレスを見て、これは何？　と聞いた。

「クリスマスプレゼントだよ」

「いらないわ」

「君のために買ったんだよ」

「ほしくないわ」

「千谷から何かプレゼントされたことはある？」

璃子は僕の言葉が終わるか終わらないかのうちに、引ったくるようにしてネックレスを取った。服を脱ぎ捨てて、ネックレスだけの姿になった。

それから僕らはセックスをしたが、布団に倒れ込んだとき、これはすでに敷いてあったのだ、ということに気づいた。むしろ前夜か前々夜から敷きっぱなしになっている印象で、そういうことはこれまでになかった。

「今夜は泊まっていくよ」

終わると僕はそう言った。裸にセーターだけを羽織り、トイレへ行こうとしていた璃子は、振り返った。

「あの男は家族と一緒なんだろう?」

璃子はしばらくの間、僕を見ていた。生真面目な表情で、

「そうね」

と言った。

翌日になっても翌々日になっても、布団はずっと敷きっぱなしのままだった。驚いたことに、週が明けても璃子は会社へ行こうとしなかった。

眠っている彼女を揺り起こすと、掛け布団の中に顔を深く埋《うず》めたまま、くぐもった声で「いいのよ」と言った。会社なんか行かなくてもいいのよ、という意味に違いなかったが、

僕への許しの言葉にも聞こえた。いいのよ。ここにいて。抱いて。だから僕はそうした。

璃子は積極的に、いっそ無闇に僕を求めた。それまでは柔らかな人形のように、僕が求める通りに体をしならせるだけだったのに。

璃子は汗をかき、唇を震わせて、譫言《うわごと》のような声を発した。僕は興奮したが、そのあとで不安になった。それまで僕らの間にずっとあった、むしろ僕らが自分たちの卵みたいに温めていた不安に比べると、それはごつごつした冷たい不安だった。

電話が鳴らなくなったことに、僕は気づいてもいた。はじめそれは、朝にも昼にも夜にも、数回ずつ鳴ったのだ。だが璃子は取らなかったし、もちろん僕もかかわらなかった。やがてそれは鳴り止んだ。璃子が会社を無断欠勤していることを心配した誰か——もちろんその中には、璃子の恋人も含まれていただろう——があきらめたわけではなくて、璃子が電話線を抜いたのだということも、僕は知っていた。

一方で璃子のほうは、いっさいの憂いから解放された人みたいな様子になっていた。僕に食事を作ってくれさえした。

それまで一緒に食事をしたことはなかった。空腹のまま璃子の部屋へ行くとき、僕は弁当やスナック菓子の類《たぐい》を買っていったが、勧めても璃子は食べなかった。そもそも璃子が何かものを食べるところを、僕は見たことがなかった。インスタントコーヒーですら、僕の分まで作ってくれて二人で飲んだのは最初の日だけだ。以後、璃子が僕の前で飲むのはいつも水だけだった。その様があまりにも頑《かたく》なで、ある種呪いじみてさえ見えたので、水道の栓の下にコップを差し出している璃子に「僕にも一杯」とねだることさえできずにいたのだ。

「櫻田くん、お腹が空《す》かない？」

今が昼なのか夜なのか、しばらく考えないとわからないのと同様に、その日何回目なのかわからないセックスが終わったあとで、璃子が突然そう言った。そのときにはもう布団から抜け出していて、周囲に脱ぎ散らかした服——璃子は裸で部屋の中を歩きまわり、寒くなるとその都度箪笥《たんす》から服を取り出し羽織って戻る、ということをしていたので、床の上にはスカートやジーンズや、何枚ものセーターが重なっていた——の中からアーガイル柄のセーターとジーンズを選んで着ると、台所へ歩いていった。

「鍋《なべ》でもしようよ」

璃子が冷蔵庫を開けたとき、僕は思わず顔を背けた。そのドアが僕の前で開かれるのもはじめてで、一瞬、中に千谷の死体が詰め込まれているような錯覚に陥ったのだ。だがもちろん、璃子がそこから取り出したのは、ハムの塊や白菜や人参《にんじん》などの野菜類でしかなかった。

あっという間に璃子が作って運んできた奇妙な鍋を、僕らはローテーブルに向かい合って食べた。醤油《しょうゆ》と化学調味料で作ったような薄いスープの中で、乱雑に切った野菜とハムがただ煮えていくだけの鍋。璃子は本来料理をする女なのかどうかも、僕は知らなかったから、その鍋を彼女がどういうつもりで作ったのかもわからなかった。旨くはなかったが、熱いというだけで結構食えた。その部屋でそんなに温かいものを食べたことがなかったから。

璃子も、流し込むように食べていた。

「冷蔵庫が空っぽになっちゃった」

口元を拭《ぬぐ》うと、璃子は言った。

「買い物に行ってこなくちゃ」

夜のような気がしていたが、今は午後三時頃だったのだと、僕はあらためて気がついた。璃子がいきなり立ち上がったとき、どきりとした。冷たい不安が膨れ上がってきた。

歳末の商店街を、僕は璃子の手を握って歩いた。

璃子はゆっくり歩いた。かと思うとふいに駆けるほどの早足になった。足取りに気を取られ、油断していると、いきなり手を振りほどこうとする。

ひどく寒かった。璃子も寒そうな呼吸をしていた。二人ともコートを着ていなかったからだ。買い物に行く、買い物に行く、と繰り返しながら、部屋から飛び出していこうとする璃子を追うために、コートを着る余裕がなかった。

周囲からは、僕らは恋人同士に見えただろう。小さな喧嘩《けんか》をして、拗《す》ねている女と、なだめている男。商店街の人通りはいつもより多く、行き交う人たちは薄く笑いながら僕たちを避《よ》けた。

「あっ、おい、櫻田！」

声は斜めうしろから飛んできた。ファストフード店の店長だった。私服だから、これから店に行くところだったのだろう。

「なにやってんだよおまえ、俺たちがどれだけ迷惑したかわかってんのか」

怒りのせいで、店長の口調はそれまで聞いた中でいちばん滑らかだった。僕の注意が彼に向いた一瞬、璃子は渾身《こんしん》の力で僕を振りきり、人波の中を駆けた。

「櫻田！」

店長の怒声を号令にして、僕も駆けた。人と人の間を璃子はすばしこく駆け抜けていく。捕まえなければならない。そうしなければもう二度と璃子と会えなくなってしまう。僕らが千谷に、二度と会えなくなったように。一方で、捕まえたら終わりだ、と囁《ささや》く声も聞こえる。それでも僕は駆け続けるしかない。

商店街の途中にある石段を璃子は駆け上がり、僕も続いた。長い石段を息を切らせて上り、神社の鳥居の前で、ようやく再び璃子の腕を掴《つか》んだ。

鳥居は風化して赤い色はほとんど残っておらず、なぜか無数の相合い傘が刻まれていた。ケンジ、マユリ。ショウタ、ミホ。傘の下の文字は一様に片仮名だ。

「言いなさいよ、千谷を殺したのは、私だって」

璃子は白い息とともに、切れ切れに言った。僕は首を振った。

「千谷は、南米だ。南米にいるんだ」

口に出すと本当にそうである気がした。璃子もそうだったのだろうと思った。

璃子の手から力が抜けた。僕らは並んで石段を下りた。繋《つな》がれたままの手を璃子は不思議そうに見下ろして、「買い物をして帰らなくちゃね」と呟《つぶや》いた。

スーパーマーケットの袋をそれぞれひとつずつ提げてアパートの前まで来ると、階段の下に男が立っていた。まるで僕がいつもしているみたいに。男は呆然《ぼうぜん》とした様子で僕らを見た。璃子は握った手に力を込めた。僕が逃げ出すことを警戒するように。

祭

駅に降り立つと、どこからか微《かす》かに音楽が聞こえてきた。秋晴れの空が高くて、建物の輪郭が切り紙細工みたいにくっきりと見えた。

駅前に人気はなかった。コスモスがまばらに生えているちっぽけなまるい花壇のそばに、少女がひとりだけ立っていた。

十五、六。あるいは十二、三歳くらいかもしれない。金色に近い茶色の髪を無造作に肩に垂らして、スエットパーカを伸ばしたような膝《ひざ》までの白いワンピースから、小枝みたいな足が伸びている。こちらを見て口元を緩めたので、僕も微笑み返した。

「それ、なあに?」

僕が提げた紙袋を見て、少女はいきなり言った。

「お土産」

僕は答えた。

「誰のお土産？」

「息子がいるんだ」

「息子がいるんだ？」

おうむ返しに言って少女は笑ったが、僕をからかったというよりは、つい同じ言葉で聞き返してしまった自分を可笑《おか》しがっているようだった。

僕は少女が言葉を継ぐのを待ったが、少女はただ、

「さよなら」

とだけ言った。

「さよなら」

それで、僕もそう言った。通り過ぎるとき少女の足元を見た。男もののような大きなゴム草履を履いて、足の指に赤いマニキュアを塗っていた。

本当なら少女に道を聞くべきだったが、その機会を逸してしまった。

仕方なく、音楽が聞こえるほうへと歩いていった。

シンセサイザーのような機械音に、笛や太鼓の音も交じっている。聞き覚えのある旋律ではないが、懐かしさも覚える。

この道はたぶん町の目抜き通りだろう。両側に商店が並んでいる。魚屋、パチンコ屋、文房具屋、呉服屋、肉屋。スーパーマーケットもレストランもあるが、なぜかどの店も閉まっている。店の前にはぽつぽつと人がいて、歩くにつれその数は増えてくる。

人々はみんなその場にただ立っていて、歩いている僕を不審そうに見ている。居心地が悪くて仕方がないが、見られているせいで立ち止まることができない。

奇妙な町だと思うが、音楽同様、知っている、という感覚がある。実際、この町の名前は、僕はとうから知っていた。奈央子が報《しら》せてくれたからだ。奈央子は僕と別れてから三回引越ししたが、その度に僕の居所を探し当てて——僕は始終、住まいを変えるから——、転居通知を送ってくれた。ハガキはいつもすぐにどこかへやってしまうのだが、奈央子が移り住んだどの町の名前も、僕はちゃんと覚えている。それらは、たとえば小学校の校歌とか中学のときに歌にして覚えた元素記号みたいに僕の頭の片隅に収まって、ときどきふと浮かんでくる。

この町は、奈央子が最後に暮らした町だった。つまり、この町の名前は、僕にとってはいちばん新しいものということになる。ふたつの事実の組み合わせは奇妙だ。そのことを考えようとして、息子からの電話を思い出した。それは一週間程前にかかってきた。明け方。夜勤から戻ってくると、アパートのドア越しに、電話が鳴っているのが聞こえた。僕はごくゆっくり鍵《かぎ》を回し、のろのろと電話に近づいたのに、ベルはずっと鳴り続けていた。そのくせ僕が受話器を取り、「もしもし」と応答すると、そんなことは思いもよらなかったというように、航はしばらくの間声を発しなかった。

「航です」

と航は最初に言った。わたる、と僕は繰り返した。櫻田さんでしょう？　と航は苛立《いらだ》ったように言った。僕は航です、あなたの息子の。

航の声を聞くのは久しぶりだった。僕が覚えているのは、声変わりする前の子供の声だったから、低く沈み込んだその声は、まるで見知らぬ青年のものだった。といって僕は、違和感を覚えたわけではない。その見知らぬ青年が航であることは信じられた。奈央子にとっての最後の町が、僕にとって最新の町であることと同じように。

「僕は二十一歳です」

航はそうも言った。その言葉には少し違和感があった。というのは航はそれを、話の最後に唐突に、まるで別れの挨拶《あいさつ》のかわりみたいに言ったからだ。

音楽は次第に大きく聞こえるようになってきた。道が大通りと交差するところで、商店も人の姿も途切れていた。大通りの向こうは細い道になっていて、両側から垂れた木々の緑しか見えない。僕はその道に心惹《こころひ》かれた。——と、誰かが僕の腕を掴んだ。振り向いて僕は驚いた。商店の前に立っている人の数が、さっきよりずっと増えていたからだ。しかも全員がこちらに注目していた。僕の腕を掴んでいるのは、駅前で会った少女だった。

少女は僕を見上げて、ニッと笑った。

そのとき、大通りの向こうの細い道の緑の中から、こちらに向かってやってくるものがあった。

それは奇妙な隊列だった。

オレンジ、黄色、黄緑などの、明るい色の衣装をつけた人たちの一団が、踊りながら近づいてくる。

衣装はランニングと半ズボンを繋げたようなかたちをしている。服から出ている部分は、顔も手も足も、真っ白に塗られている。ピエロに似た化粧。体格は様々だが、年齢や、男女の区別はよくわからない。

踊りかたに決まりはないようで、隊列のうしろのほうから今や大音量となって聞こえてくる音楽に合わせて、それぞれ好き勝手に手や足を動かしている。ドン、という太鼓の音が鳴るたびに、いっせいにぴょんと跳ねて、前方へ進む。そんなふうにして、少しずつこちらへ近づいてくる。大通りを渡りきり――通りの車はきっと通行止めになっているのだろう――、隊列の先頭が僕らがいる通りに差しかかると、商店の前に立っている人たちから歓声が上がり、拍手が起きた。中にはその場で、隊列の人と同じように踊り出す人もいる。

少女が手を叩《たた》きはじめたので、僕も叩いた。隊列は膨らんだり、すぼまったりしながら、僕らの前を移動した。中程の人たちが、神輿《みこし》を担ぐ要領で、馬を担いでいた。白い、張りぼての馬だ。

「何年か前までは、本物の馬がいたんだよ」

少女が不意に話しかけてきた。

「大事に飼ってたんだけど、脱走して、車にはねられて、足を折ったから殺しちゃったの。殺したっていうのはひみつだけどね。みんなが知ってるひみつ」

ははは、と軽い笑い声を少女は上げた。

「種馬にして、二代目を作っておこうっていう計画もあったのに、その前に死んじゃって

「……」

「これは秋祭りみたいなものかい?」

僕はそう聞いてみた。違う、パレードだよ、と少女は言う。

「パレード?」

「そう、今はそう言わなくちゃいけないの。昔は祭りだった、むずかしい名前がついてた。陰気な祭りだったよ、あたしなんか、祭りの夜は家で布団被《かぶ》って寝てたもん、気味が悪くて。馬が死んだ翌年に、張りぼての馬を作って、どうせだからもっと何かやろうって話になったらしくて、テーマソングを作ったり、衣装を新しくしたりした。あの衣装のデザイン、誰に頼んだと思う?」

少女は、僕でも知っている有名なファッションデザイナーの名前を挙げて、ははは、とまた笑った。

「そうしたら、あんなんなっちゃって。パレードっていうしかなくなっちゃって」

隊列は僕らの前を通りすぎ、それにつれ、商店の前の人たちも動きはじめていた。みんな、隊列のうしろに連なっている。僕と少女も人々について歩き出した。

パレードは、町を練り歩いた。

ドン、ぴょん。ドン、ぴょん。

駅前を通り、線路を越え、すすけた歓楽街を抜けて、橋を渡り、田畑の間を進んだ。町はどこもひっそりとしていた。昼間の歓楽街に誰もいないのはともかくとして、住宅街に入っても、窓から覗《のぞ》く人の姿もない。

町中の人がパレードに参加しているのかもしれない。無人の町を、しかしまだどこかに隠れているかもしれない誰かを焙《あぶ》りだそうとでもいうように、パレードはじりじりと移動する。ドン、ぴょん。ドン、ぴょん。音源が定かでないまま音楽は鳴り続けているが、気がつくと生身の人間の声はまったく聞こえない。カラフルな衣装をつけた人たちは無言で踊ったり跳ねたりし、さっきは歓声を上げ拍手していた人たちも、口を利かず仏頂面でぶらぶらとついていく。少女も先程以来もう喋《しゃべ》らなくなり、顔を窺《うかが》って、意味あり気に笑い返してみせるだけだ。

空がほんとうに青い。呼吸をするたびに、青が体の中に流れ込んできそうだ。この町に奈央子はいたのだ、と僕はあらためて考えてみる。

目抜き通りで買い物をする奈央子。駅のホームで電車を待っている奈央子。橋の欄干から川を見下ろしている奈央子。それらの光景は驚くほど簡単に浮かんでくるようだが、像がはっきりと結ばれると、そこにいるのは奈央子ではない女になっている。

その女の輪郭が鮮明になる前に、僕は慌てて、記憶の中の奈央子を探す。奈央子と最後に過ごした日。もう十五年以上前のことだが、それはやはり秋で、こんなふうな空だった。台風のあと。僕らは川縁《かわべり》を歩いていた。

誘ったのは奈央子だった。川を見に行かないの？　という言いかたで。川原にはたくさんの人がいた。みんな増水した川を見に来ていたのだ。中洲《なかす》をすっかり覆って渦巻いていた、黒く濁った水。何人かの男がカメラを構えていた。シャッター音がすぐうしろで聞こえ、奈央子は眉《まゆ》をひそめて、僕の腕に絡ませていた腕をはずした。

セロテープの味のこと、話したかしら？　と奈央子は言った。

「最初にそれを感じたのは、子供の頃よ。小学校一年か二年のとき。女の子が転校してきたんだけど、その子、一週間もしないうちにまた転校していったの。来たときは先生が、ちゃんとみんなに紹介したのに、いなくなったときには何も言わなかった。あるときクラスの誰かが、先生に聞いたの、あの子はどうしたんですかって。もう来ません。先生はそう答えた。恐い顔で、叱りつけるみたいに。そのときセロテープの味がしたの。セロテープをまるめて、握りこぶしくらいの大きさになったものを、口いっぱいに頰張っているみたいな感じ。それからもときどきあるの」

「今も？」

「いいえ、そういうわけじゃないの。ただちょっと、思い出したから」

この記憶はどこかおかしい、と僕は気づく。なぜなら、あの秋が僕らの最後の秋だったとしたら、僕らが別れることはそのときすでに決まっていたはずだからだ。奈央子は最後まで思いやり深かった。だからあのときも、僕の腕をとって歩いたのだろうか。かつていつもそうしていたように。だが航のことは？　奈央子がセロテープの話をしたとき、航はどこにいたのだったか。

「どうする？」

少女が言った。いつの間にか僕らはずいぶん早足で歩いていた。パレードについていく人たちの数が次第に減っていて、そのぶん、行進のスピードが速まっている。少女が訊《たず》ねているのは僕らの進退に違いなかった。

「行こう」

と僕は答えた。

「ずっとついていこう」

ははは。少女は独特の笑い声で応《こた》えた。それからは歩きながら、ずっと愉《たの》しそうに笑っていた。

住宅街を一巡りして、パレードは来た道を戻りはじめた。そのときにはもう、ついていくのは僕らしかいなかった。僕らを振りきろうとするように、パレードの足並みはいっそう速くなった。衣装をつけた人々はずっと踊り続けていたが、不自然な動きで首を曲げて、僕らのほうを窺ってみる者もいた。そんなときにも少女は声を上げて笑った。

パレードは商店街を抜け、大通りを渡って、最初に彼らがあらわれた細い道に入っていった。遠目に緑に見えたのは、その道の両側がうっそうとした竹藪《たけやぶ》になっているせいだった。道の果ても密生した竹で塞《ふさ》がれていて、分け入っていくと寺があった。その境内で、パレードはゆるゆると止まった。

スローモーションのように緩慢な動きで踊り続けながら、踊り手たちは少しずつ境内にばらけていき、やがてそれぞれの場所で踊り止めた。白く塗っているせいで表情が消えた顔で、ぶらぶらと手を振ったり、汗を拭《ぬぐ》ったり、首筋を掻《か》いたりしている。馬の張りぼては地面に投げ出されると、本物の馬の死体みたいに見えた。僕は、彼らが黙りこくっているのは、僕らが——あるいは僕が——いるせいだと気がついた。

「行こう」

と僕は言った。僕の隣で地べたに座り込み、ゴム草履の先で砂利をほじくっていた少女は、興味深そうに僕を見上げ、

「どこに？」

と聞いた。

「どこかへ行こう。君の行きたいところに」

「本当？」

少女は立ち上がり、また笑った。


少女はぐんぐん歩いた。

ほとんど走るような速度だったが、ときどき素早く振り返って、僕がついてきていることをたしかめた。

振り返ったときの少女の顔はあどけなかった。父親がちゃんと自分のそばにいるかどうかたしかめている子供のようで、航の小さな頃を思い出させた。航とは、彼が四歳のときから会っていない。少女が背中を向けると、レモン形の瞳《ひとみ》の残像が浮かんだ。

僕らは寺の反対側、つまりさっきパレードが行進したのと逆の方向へ向かっていた。しかし鏡の中を歩いているように、景色はさっきとよく似ていた。知らぬ間にもう一度線路や川を越えたような気さえした。

田畑の中に、平屋建ての大きな古い家が建っていた。菜園と鶏小屋と土蔵がある広い庭を突っ切って、少女は家の中へ入っていく。土間の暗がりを背にして、「どうぞ」と僕を呼んだ。

　土間を通り抜けると長い廊下があり、いちばん手前の部屋に通された。十畳ほどもある座敷で、縁側に面した窓から陽が入ってきてあかるかった。床の間には花を活《い》けた水盤、その上方に掛け軸。長細い机が部屋の片隅に寄せられていて、その上にぶ厚い金茶色の座布団が積み重ねてある。一見して茶の間のようだが普段使われている気配はなく、きっとこの家の応接室のようなものなのだろう、と僕は想像した。

　僕らのほかに誰かがいる気配はなかった。少女はぎこちないが律義な動作で、僕の前に座布団を置いた。自分用の座布団をどの位置に置こうかちょっと迷い、照れたような笑みを浮かべて、結局五十センチくらい離れたところに置いた。何か飲むかと聞くので、水をもらえないかと頼むと、プラスチックの容器に入った麦茶とコップを持ってきてくれた。そのあと小皿に入れたピーナッツと柿の種も運んできたが、柿の種はしけってかたまっていた。

「ここは君の家？」

　僕の向かいの座布団にしどけなく座っている少女に、僕は聞いた。

「あたしの家じゃなかったら誰の家？」

　少女は生意気な口ぶりで答えた。

「お土産って何？　見てもいい？」

そう言ったときには、少女はすでに、僕が傍らに置いていた紙袋を手にしていたので、僕は「いいよ」と言うしかなかった。紙袋の中の包みを、少女は無造作に取り出すと、止める間もなく開けてしまった——包装紙を破らないように、いちおう注意しながらではあったが。

「何、これ？」

あらわれた青い正方形を、少女はしげしげと眺めた。

「雨合羽《あまガッパ》だよ」

少女は正方形についたスナップボタンを見つけると、もう断りもせずにプチプチと外した。青い正方形は広げられ、フード付きジャケットのかたちになった。

「ほんとだ、雨合羽だ」

少女は笑う。あちこち検分しながら、

「どうして、こんなのがお土産なの？」

と聞く。

「おかしいかな」

僕は小さな声で言った。じつのところ、航に気に入ってもらえるかどうか、全然自信がなかったのだ。

「べつに好き好きだけどさ。でも、変わってる」

「何を贈っていいかわからなかったんだ。息子とは長い間会ってないから」

「息子っていくつ」

二十一だと答えると、少女はひょえーというような声を発した。

「マフラーとかにすればよかったのに」

「でも、マフラーとか手袋っていろんなのがあるだろう、どれが気に入るのかわからなくてさ。雨合羽なら、気に入らなかったとしても、役に立つだろう?」

「なるほどね」

僕の説明をあっさりと受け流して、少女は立ち上がると、雨合羽に袖《そで》を通した。サイズが大き過ぎるせいで、着たというよりも着られたような印象の、案山子《かかし》みたいな姿を、僕に見せつけるように、くるりと回った。雨合羽の背中に絵がプリントされていることを、僕はそのときまで知らなかった。黄色と黒の縞《しま》模様の猫が笑っている顔、その下に、KEEP ON SMILING と書いてある。

僕が当惑した顔になったからか、少女は雨合羽を脱ぐと、畳に屈《かが》み込んでたたんだ。ぞんざいな手つきで、ぐちゃっとした四角に戻したものを、包装紙で適当に包み直して、証抛湮滅《いんめつ》とでもいうように、紙袋の中に素早くしまった。

「はい」

座布団の上に正座した姿勢で、少女は紙袋を僕に差し出した。僕が受け取ると、少女は空いた手を、そのまま僕の、胡坐《あぐら》をかいた膝《ひざ》の片方の上に滑らせた。猫が伸びをするような姿勢で上半身をこちらに倒して、上目遣いで僕を見た。くれた襟元から、小さな乳房のまるみがのぞく。

「息子と会ってないんだ？　ずーっと？」

さっき僕が言ったことを、少女が覚えていたのは意外だった。僕はこくりと頷《うなず》いた。

「寂しいんだ？　ね？　なぐさめてあげよっか？」

太股《ふともも》を這《は》い上ってきた少女の手を、僕は押さえた。押さえたつもりだったのが、握ってしまった。そのまま指を絡ませ、じっとしていると、少女は背を反らせるだけ反らして僕に顔を近づけて、

「二万円でいいよ」

と囁《ささや》いた。

少女は、オレンジに似た香りのコロンをつけていた。

脇の下や、膝の裏に。彼女の汗と交じり合って、もう微かにしか残っていなかったが、少女はわざわざ僕の顔を誘導して、それを嗅《か》がせた。

香りが記憶を呼び起こした。まず、ひんやりした金属の手触りがよみがえり、それから銀色のボトルがあらわれる。ボトルには白いラベルが貼ってあった。化学薬品のような佇《たたず》まいだったが、それが化粧品の瓶であるというところが洒落《しゃれ》ていた。

洗面所に満ちていたオレンジの香り。化粧水よ、と奈央子が教えてくれたのだ。銀のボトルの蓋《ふた》はコルクだった。蓋を開けて顔を近づけると、アルコール臭が鼻を刺して僕は顔をしかめた。じかに嗅いじゃだめよ、空気と交ざると、いい香りになるのよ。ほら。そうして、奈央子も少女がしたように、腕の内側を僕の鼻先に近づけたのではなかったか。

だがその腕の記憶が、僕を混乱させる。奈央子ではなく昌――奈央子と別れる原因となったもうひとりの女――のものであるようにも思え、そのどちらでもない女のものであるようにも思えてくる。

ちょうだい。ちょうだい。小さな男の子の声と、踏みならす足音。僕は記憶を掻《か》き回してそれらを取り出す。それが航の声だとすれば、記憶はやはり奈央子のものだ。しかし昌にも男の子がいた。何という名前だったたか、そうだ貫太だ。貫太ったら、化粧水をジュースだと思ってるの、これは飲めないって言っても信じないのよ……。

少女は素早く服を着た。

まだシャツのボタンを留めている僕を見下ろして、最初と同じように、何か飲む？ と聞いた。僕はさっきよりもなお喉《のど》が渇いていたが、少女がそう聞いたのは、もう僕に立ち去ってほしいからだということがわかったので、いらない、と答えた。

「息子の家、どこ？」

少女に聞かれて、そもそも彼女に道を聞くつもりだったことを思い出した。所番地を書いたメモを見せると、少女は、ああここね、と頷いた。

「あたし、一緒に行ってあげる」

僕は驚いて言った。

「ほんとに？」

「いや？」

少女は挑戦的に聞いた。

「助かるよ」

と僕は答えた。

パレードが行進していったほうへ、僕らは再び歩いていった。

さっき逆向きに歩いたときには、景色はパレードのときの鏡のような印象があったのに、今度は、パレードと同じ線路を越え、同じ橋を渡ったにもかかわらず、まるで違う道であるように感じられた。

夕暮れのせいかもしれない。空は、青と、濃い青と、茜色《あかねいろ》のまだらになっていた。その家は住宅街の端にあった。さっきパレードと一緒に通りかかっていたのかもしれない。比較的新しい、小さな庭のない家で、周囲の古い大きな家に比べるとプラモデルみたいに見えた。家の先は田畑で、ここは誰それの息子が建てた離れだ、というようなことを少女が言った。

とってつけたような門柱に、僕と結婚する前の奈央子の姓を記したプレートが下がっている。中に誰かいるかどうかは、外からは窺《うかが》うことができない。少女があどけない顔で僕を見た。この子は人の心を測ろうとするときこういう顔をするんだろうと僕は思う。自分がまだ一緒にいていいかどうか考えているのだろう。僕は少女にいてほしかったので、何も言わず呼び鈴を押した。応答がないのでもう一度押した。このまま帰ろう、と決めかけたとき、ドアが開いた。

あらわれたのは青年だった。背が高く痩《や》せていて、少女と同じような色の髪を肩まで伸ばしていた。ボロボロのジーンズに、空色のTシャツ。眠たげな目で不審そうに僕らを見た。

次の瞬間、青年の目は見開かれ、それが航であることを僕は知った。その目にはっきりした表情が浮かばないうちに、

「櫻田です」

と僕は名乗った。航は実際、何かを押しとどめられた顔になって、

「櫻田」

と、おうむ返しに呟《つぶや》いた。それから咳払《せきばら》いをするように小さく笑った。

「どうぞ」

キッチンと一続きになったリビングに、航は僕らを通した。部屋の広さからすると大きすぎるようなソファーにはレンガ色のカバーが掛けてあり、反対側の壁は一面本棚で、本と本との間に小さなテレビが埋まっている。

奈央子らしいな、と僕は思う。いや、よくわからない。光景が記憶に逆流していくようだ。僕はこめかみを押さえた。

部屋の中を見渡すと、窓辺にまるいテーブルがあった。奈央子が気に入っていたアンティークのテーブルだ。

テーブルの上には、額に入った写真と位牌《いはい》と、線香立てとが並んでいた。少女が不審げ

に僕を見た。僕はテーブルの前に進み出て、型通りに焼香した。額の中の写真は奈央子に違いないが、歳をとっているせいでまるで知らない女にしか見えない。それに、写真が小さすぎる。

「あなたが一度も聞かないから、僕から言いますけどね。母は病気で死んだんです。がんでした」

　僕は振り向いて、航を見た。

「意表をつかれましたよ。もう来ないだろうと思ってたのに。一昨日《おととい》くらいまでは、待ってたんだけど。こりゃあもう来ねえ気だなって、決めたとたんに来るんだね、なかなかやりますね」

「あなたが一度も聞かないから、あたしから言うけど」

　それは少女の声だった。少女は、ソファーの真ん中に、埋もれるように座っていて、喋《しゃべ》ると鳥のヒナみたいに見えた。

「あたし、この人をここまで案内してきたの」

　航は少女を一瞥《いちべつ》したが、すぐに僕のほうへ顔を戻した。たしかに航は、少女のことを何も聞かないばかりか、少女がここにいることにも気づかないかのような態度を通していた。

「お土産を渡したら？」

少女がまた言った。僕が反射的に、紙袋を提げた手を航のほうへ差し出すと、航は数歩後ずさった。——と、目の前をさっと白い刷毛《はけ》で掃いたみたいに、少女がソファーから飛び降りた。

少女は僕の隣に立って、まるで握手でも求めるみたいに、航のほうへ手を伸ばした。そして航の手を取ると、それを自分の胸の膨らみに押しつけた。

航は、少女を突き飛ばすようにして体を離した。それから叫びはじめた。

うわあああああ。

叫びながら、航は僕に摑《つか》みかかってきた。右目の下を殴られて僕はたちまち床に倒れた。うわあああ、と航は叫び続けている。その声の合間に、少女の笑い声が聞こえた。ははははは。はははは。少女は僕のまわりを踊っていた。パレードのステップで。

海

ひどく冷たい海だった。

昌と貫太は早々に浜に逃げ出したが、僕はひとりでずっと水中にいた。平泳ぎで行けるところまで行き、疲れると仰向けになった。七月。太陽の光はまだ熟れていなくて、水っぽかった。

じんじんと皮膚に染み込む海水の冷たさが、次第に体温と混じり合う。冷たさに慣れるにつれて、体の内側が膨張していき、水母《くらげ》になったような気持ちになる。もう水からは上がれない。体を裏返し、浜辺を見る。こちらを見るともなしにぼんやり座っている二人と僕とは、すでにべつの生きものだ。

浜辺にはあまり人がいない。夏休みには一週間早い週末で、昨日までずっと天気がぐずついていたし、何より辺鄙《へんぴ》な海水浴場だからだろう。千葉から支線に乗り換え、さらにバスに揺られてはるばる来た。昌の職場の誰かが「穴場」だと言って教えてくれたらしい。海に行きたいと言い出したのは貫太ではなく昌で、その週のうちに一泊二日の小旅行を決めてしまった。

昌と貫太が座っているところから五メートルくらい離れた場所に、ビニールシートを広げている家族がいる。遠方からの海水浴客に見えるのは、僕らのほかには彼らくらいだ。ビニールシートは広い範囲に、角をクーラーボックスや何か重そうなものが入った大きなリュックなどできっちり固定し正確な四角形に敷きつめられていて、まるでマンションの見取り図のようだ。僕や昌より少し上の、四十代半ばに見える夫婦と、やはり貫太より少し上の十かそこらの子供たちは今は姿が見えなくて、水色のビキニの上に白いTシャツを羽織った娘がひとり、重しのひとつのようにひっそりと留守番をしている。

娘の年頃は二十七、八くらい、子供たちの姉というには歳がいきすぎているし、夫婦のどちらかの妹というには、若すぎるように思う。子守役についてきた親戚《しんせき》だろうか。いずれにしても、彼女が奇妙に浮き上がっている印象は昌にもあったらしくて、さっきビニールシートの上にまだ全員揃っているときに横目で見ながら、「あの子……」と何か言いかけてやめた。

貫太が手を振っているのが見える。

昼食の合図だとわかったので、僕は浜に向かって泳ぎだした。

僕らは並んで、昌が作ってきた弁当を食べた。

陸は海の中よりもよほど寒かった。僕も隣の娘のように——そして昌と貫太のように——水着の上にTシャツを羽織った。僕らはその恰好《かっこう》で、民宿から海水浴場まで歩いてきたのだ。

食べはじめて間もなく、隣の夫婦と子供たちが戻ってきた。夫婦はそれぞれ登山にでも行くような大きなリュックを背負い、子供たちもそれぞれ荷物を運んできた。リュックの中身はバーベキューグリルや調理道具であることがやがてわかった。子供たちの荷物は食材だった。父親が料理をはじめた。

肉を焼く匂いが漂ってくると、僕らは何となくそちらのほうが見づらくなった。貫太でさえことさらにあらぬほうに顔を向けて、おにぎりを食べていた。僕らはほとんど何も喋らなかったが、それは隣のグループが、バーベキューをしているにもかかわらず、奇妙に静かであるせいだった。ジューッという油の音、カッカカッカカッという、ひどく乱暴にヘラを使う音だけが聞こえてくる。

僕は昌の顔を窺《うかが》った。昌が何か言いかけたそのとき、

「ソースがないじゃないか」

と父親が怒鳴った。

「何やってるんだ、ちゃんと出しといてくれなくちゃ困る。台無しになってしまう」

たかだか焼きそばのことだとは思えない怒りかただった。僕らは思わず彼らのほうを見た。彼の妻も子供たちも、たくさんの荷物のどこかに入っているに違いないソースを探すために、いっせいにバタバタと動いていた。娘だけが動いていない――無関心というのではなく、どのバッグに何が入っているか、彼女だけが与《あずか》り知らないせいだろうと僕は考える。娘はちらりと僕のほうを見て、すぐに目を逸《そ》らした。

父親の声が止むと、辺りはさっきよりもいっそう静まり返った。僕らは気まずく、そそくさと弁当の残りを食べた。

「さあできたぞ。食おう、食おう」

父親が今度は、ことさらに朗らかな声で言った。再び、彼の家族たちが慌ただしく動く気配があって、父親に同調するような、おいしそうとかお腹がぺこぺことかいう声も聞こえてきた。その中から娘の声を聞き取ろうと、僕は耳を澄ませたが、よくわからなかった。

「怒鳴ったんでびっくりしたでしょう？　ごめんごめん、食いものが絡むとついエキサイトしちゃうもんだから」

父親の弁明に、小さな笑い声をたてたのは彼の妻で、続いて何か言ったのは子供たちのひとりであるようだった。しかし父親の言葉は、娘に向けられたものに違いなく、けれども娘は何の反応も返さなかったので、隣のグループはまた、妙な具合に静まってしまった。

「ね、グレープフルーツなんてあんまり食べないよね？」

唐突に昌が言った。

「え」

「グレープフルーツ。ワインとお砂糖かけて持ってきたのよ。でも哲ちゃん、すっぱいもの苦手でしょ？」

貫太の前にはフルーツポンチの缶詰めがあるから、グレープフルーツは大人用ということなのだろう。砂糖がかけてあるならきらいではないし、だからこそそうやってタッパーにつめてきたんじゃないのかと僕は思うが、肯定の返事を要求されている気がして、うん、まあねと答えた。

「お隣に持っていってあげたら？　あたしもうお腹いっぱいで、入らないから」

僕は驚いて昌を見た。貫太でさえ訝《いぶか》しげな顔をしていた。僕らが知っている昌は、見知らぬ他人とそんなふうにかかわろうとするタイプの女ではなかったからだ。むしろそういうかかわりを鬱陶《うっとう》しがる女だったはずなのに、

「ねえ？　今日帰るまで置いておいたら、悪くなっちゃうかもしれない。あっちは大人が三人もいるから、きっと喜ぶわ」

などと続けた。ほとんど聞こえよがしに。僕は困って隣を見た。全員がこちらを見ていた。父親が慌てたように笑顔を作り、

「もちろん、喜んでお引き受けいたしますよ」

と声を上げた。

「哲ちゃん、また海に行く？」

貫太が聞いた。

「いや……今は行かない」

僕は答えた。折しも、立ち上がろうとしていたのだったが。

「そっか」

貫太は砂山を作ることに戻った。僕は仕方なく砂浜に体を伸ばした。砂山の向こうには、昌が同じように寝そべっている。

貫太が僕を哲ちゃんと呼ぶのは、昌がそう呼ぶからだ。はじめて会った頃、貫太が毎日三つか四つずつ覚えていく言葉の中のひとつが、「哲ちゃん」だったのだろう。

貫太は父親を知らない。昌がいっさい会わせないからだ。昌は僕にも、その男の話をまったくしない。だから、どんな男でどうして別れたのかも、僕は知らない。そういう態度を昌があまりにも完璧《かんぺき》に貫いているので、彼女は記憶喪失になっていて、その男と過ごした歳月を本当に覚えていないんじゃないか、と思えるほどだ。

父親について、昌が貫太にどういう説明をしているのかも僕にはわからない。貫太も昌同様に、父親のことをまったく口にしない——ほかの子供たちは持っている「父親」というものを、自分だけが持っていないことを、どう考えているかを彼は明かさない。だからといって僕を父親と見なしているというのでもない。哲ちゃんは、ママの友だちよ。昌は貫太にそう教えた。それから年月が経って、今は八歳になった貫太は、幼児のときに彼なりに理解した「友だち」という言葉の意味を、僕に対してだけ、頑《かたく》なに適用し続けているようにも思える。

隣ではまだバーベキューが続いている。しかし今コンロの前にいるのは母親で、父親はビニールシートの上に寝そべっている。片肘《かたひじ》をついて半身を起こした彼の姿は、人魚みたいで何となく滑稽《こっけい》だ。彼がそんな恰好をしているのは、寝そべったまま娘と話そうとしているからで、娘のほうは体操の時間の子供みたいに、膝《ひざ》を抱えてシートの端のほうに座っている。

隣の子供たちはもう砂浜で遊んでいる。父親と娘の前に紙皿はあるけれど、そこに載っている野菜や肉はさっきからずっとそのままだ。母親が焼き続けているのは、持ってきた材料を再び持って帰りたくない、そのためだけじゃないのだろうか。父親と娘は缶ビールを飲んでいる。母親も片手に持っている。父親が時折、母親に向かって何か言い、するとそのときだけ母親は缶ビールに口をつける。父親、母親、娘、子供たち。彼らはそれぞれ、そこしか考えられない場所に配置されているように見え、そのせいで逆に現実感がない。

そんなふうに思うのは、僕自身が自分のことを、昌の家にひとつ増えた家具みたいに思っているせいかもしれない。奈央子と別れてから転がり込んだ昌の家に、もう約一年住んでいる。僕が来てから、昌は六畳間をカラーボックスで仕切って、僕ではなく貫太の部屋をあらためて作った。

その家でのこの一年のことを、僕は思い返してみる。１ＤＫのアパート、僕と昌と貫太。するとまるで、ちょうど今日泊まる民宿の一室の、廊下の壁に掛かったカレンダーをめくっているような気持ちになる。季節ごとの情景。風物。笑顔。写真ではなく、写真を見て描かれた絵。濁りのない、単純な色。

顔のそばの砂の中に、僕は巻き貝の殻をひとつ見つけた。白に茶色の斑点《はんてん》があるきれいな貝殻だ。航に持って帰ってやりたいな、と考える。しかし持って帰っても渡すことはできない。奈央子が会わせてくれないからだ。僕は貝を貫太に放り投げてやった。貫太はそれを、アラビアの宮殿の屋根のように、砂山のてっぺんに据えた。

「哲ちゃんはずっとここにいるの？」

少し前、貫太からそう聞かれた。テレビゲームをやっている貫太を、キッチンの椅子からぼんやり眺めているときだった。貫太はふと振り向いて僕を見たのだ。ちょうど、さっきの「哲ちゃん、また海に行く？」という聞きかたと同じような感じで。うん、当分ねと僕は答えた。そのとき仕事から帰ってきた昌が、ドアを開ける音がして、僕と貫太はそ知らぬ顔で、「お帰り」と声を揃えたのだった。

昌が僕を見ている。

きっと何か言うのだろう。喉渇《のどかわ》かない？　とか、何時に宿に戻る？　とか。

僕は昌の声が降ってくるのを待ちながら、見られていることに気づかないふりをしていた。砂の上に腹這《はらば》いになって海のほうを向いている僕を、昌の視線はさらさらした麻の布みたいに覆う。いつまでたっても昌は何も言わなかった。そんなことは今までになくて、僕は不安になりとうとう昌のほうを仰いだ。昌は目を逸らした。もう寝そべってはいなくて、さっきの娘と同じように膝を抱えて座っていた。

それから昌は、あらためて——音が聞こえてきそうなほどぎこちなく首を回して——僕を見た。

「泳いでくるわ」

昌はTシャツを脱ぎ捨てて歩き出した。貫太はついていかなかった。ついていってはいけないような言いかたを昌がしたからだ。貫太同様に僕も取り残されたような気持ちになった。本当は僕も再び海へ行きたかった。昌に先を越されてしまった。

昌は新しい水着を着ていた。もちろん、僕と貫太も、この日のために水着を買ったのだが、昌は最初は、学生時代の水着を着るつもりでいたのだ。

僕はそのときはじめて知ったのだが、中学、高校と昌は水泳部にいたのだった。衣類をしまってある抽斗《ひきだし》ではなく、押し入れの奥の箱の中から、昌はそれを取り出した。あの頃より痩《や》せたから、少し大きいかもしれないな。濃いグレイの両脇に、オレンジ色の線が二本入っている競泳用水着。だが結局、昌はそれを着ることができなかった。大きすぎたからではなくて、長くしまい込んでいる間に、水着の布が劣化して伸びきったゴムのようになってしまっていたからだ。

昌の新しい水着は赤だ。スポーツショップのセールコーナーに置いてある水着の中で、昌のサイズに合うのはその色しかなかった。競泳用ではなく、足のくりの上に小さなフリルがついていて、胸元には金色で小さく、SWEET PEAと刺繍《ししゅう》してある。スイートピー？　甘い豆？　帰ってからその刺繍に気がついた昌は呟《つぶや》き、一瞬後、それが花の名前であることに気がついて、ケラケラ笑った。

僕は昌の背中を目で追う。もう海の中に入っているが、遠浅なのでまだ腰から上が見えている。昌は小柄だがしっかりした体をしていて、水泳をしていたというのが納得できる。出会った頃は、硬い骨の上に弾力のある肉がみっしりと詰まっている印象があった。あの頃よりずいぶん痩せた今は、肉の密度がまばらになった感じがする。といって、たるんだとかしぼんだとかいうのでもなく、消えた肉の粒の隙間を、何かが補っているふうだ。何か、もっと軽量の、曖昧《あいまい》なものが。

今日の日差しは、昌の皮膚にまだ何の影響も及ぼしていない。昌の背中も肩も真っ白で、ただ肘から下だけが黒い。仕事で毎日、車の運転をしているせいだ。腕カバーを買いなよ、お母さん。いつだったか貫太がそう言った。そんなもののことをどこで覚えてくるの？　昌はうんざりしたようにそう言っただけだった。むしろそれ以後、意地のようになって、長袖《ながそで》を羽織ることさえやめてしまった。昌にはそういうところがある。

昌はついに海中に身を投げる。クロールで沖に向かって泳ぎ出す。腕がきれいな三角形を描いて、水面を切り、その姿は見る見る小さくなっていく。

力強い泳ぎだ。僕は見惚《みと》れ、昌の姿が見えなくなっても、その見えない波間に、まだ見惚れている。十年前、奈央子と結婚するために昌と別れなければならなくなって、僕のほうから連絡を絶ったとき、昌は驚くほどあっさり僕の人生から立ち去った。繰り返し電話をよこしたり、アパートの前で待ち伏せしたりなど——僕が予想していたことは——、いっさいしなかった。結局、あのときの昌の態度が、それから数年経って僕のほうから彼女を捜し出す理由になったのかもしれない。そうして昌は、僕を取り戻した。僕と奈央子が暮らす家にファクスを送りつけて——今度こそ彼女らしい力強さを発揮して。

「貫太は？」

昌が覗《のぞ》き込んでいる。僕は少し眠っていたらしい。

「貫太は？」

昌は、僕の目が彼女の顔に焦点を結ぶのを待って、もう一度聞いた。

僕は体を起こした。砂山は僕の膝ほどの高さになっていて、トンネルが二本貫通し、石で作った塔も三本立っていたが、その向こうに貫太の姿はなかった。

「貫太！」

立ち上がって大声で呼んだ。昌は一緒に呼ばず、呼ぶ僕の姿を眺めていた。僕はいったいどのくらい眠っていたのだろう。時計を持っていないからわからない。砂山の向こうを調べた。貫太のリュックとタオルはそのままだが、履いていたビーチサンダルがない。

「君はいつ戻ってきたんだ？」

「今よ」

そう言って昌が海のほうを見たので、ぞっとして僕は走り出した。昌も駆けながらついてくる。

「貫太！」

僕は海に向かって叫んだ。二度、三度と叫んだが、無駄なことをしているのはわかっていた。海にはまったく人影が——すくなくとも波間に見えるものは——なかったからだ。

「ビーチサンダルを捜すのよ。海に入ったんなら、ビーチサンダルが浜にあるはずだから」

昌が奇妙に落ち着いた声で言った。しかし貫太は、ビーチサンダルを履いたまま波にさらわれたのかもしれないし、脱いであったとしても、それがとっくに波に消えている可能性のほうが大きいだろう。僕はそう思ったが、ほかにどうすることもできずに、昌の言う通りに浜辺を捜した。波打ち際を二往復したが、ビーチサンダルは見つからなかった。もちろん、波間に浮かぶ貫太も。海じゃないわね、と昌が断定的に言った。僕は昌の顔を見た。

昌は堤防のほうへ行き、それから浜辺に沿った道路に出て、少し歩いた。僕は昌のあとに従ったが、さっきまであった不安が、次第にべつのものへ変わっていくのがわかった。僕らは再び海水浴場のほうへ戻ったが、浜辺には近づかず、岩場のほうへ歩いていった。地元の子供たちと見える数人が魚捕りの網を持って遊んでいたが、同い年くらいの男の子を見かけなかったかと僕らは訊《たず》ねることもしなかった。

子供たちがいるところから、大きな岩で隔てられた場所へ来たとき、僕には今起きていること——あるいは、起きていないこと——がほとんどわかりかけていた。なぜなら昌は、そこに着くとすぐ、僕に抱きつき、唇を求めてきたからだ。僕らは長いキスをした。その間じゅう、昌の腰は僕の腰にぴったり押しつけられて、急《せ》き立てるように動きさえしたので、僕は昌の腰を抱いていた手を彼女の胸のほうへ動かした。すると昌はさっと唇を離して後ずさり、僕を見た。

「どうしてあたしを捨てたの？」

「え」

僕の表情を見て、昌は苛立《いらだ》ったように、違う、と言った。

「あたしが聞いているのは昔のことよ。どうしてあのとき、あたしじゃなくてあの人を選んだの？」

僕は何も答えられず、ただ昌を凝視していた。目を逸《そ》らしたかったが、そうすると貫太が本当に僕らの前から永遠に消えてしまうような気がしたのだ。やがて昌のほうから目を逸らした。次に彼女が僕を見たときには、僕にはなじみのある――たとえば昌は唐突に、ほんのささいなきっかけで怒鳴り散らすことが時折あったけれど、そのあとで見せるような――恥ずかしげな微笑を湛《たた》えていた。

「あの人、愛人よ」

歩き出しながら昌は言った。

「あの人？」

「隣のグループの、ビキニの女。あの人だけ家族には見えないわ。きっと父親の恋人よ」

昌は迷いのない足取りで歩いていった。やがて僕らは、街道と浜辺の境目に並ぶ飲食店の一軒に入っていったが、その辺りは、さっき近くまで来ながら迂回《うかい》して通ったところだった。

その店は、海の家と軽食屋を兼ねた造りになっていた。畳の上に寝転がって新聞を読んでいる男がいたが、客ではなくて店の縁故者のように見えた。表のビニールの屋根の下に並べられたテーブルのひとつだけが埋まっていて、そこに貫太と、隣の家族の子供たちと、昌が「愛人よ」と言った娘がいた。

「貫太」

昌はのんびりした調子で呼んだ。かき氷を掬《すく》うのに熱中していた貫太が、振り向いて手を振った。

「ここ、お支払いしますから」

昌はいきなり言った。

「いいえ……もう払ってしまいましたから」

娘が答えた。

「そう？　申し訳なかったわ。貫太に持たせればよかった」

それで僕は、昌が貫太の居所を承知していたこと、貫太を捜しまわっていたのは偽りだったことをとうとう確信したが、そのことをどうして昌が易々《やすやす》とあきらかにするのかはわからなかった。

「何食べてるの？　かき氷？　おいしそうね」

とっくにわかっていることを昌はもう一度言う。ねえ哲ちゃん、あたしたちも食べていこうか。昌はさっさと貫太たちの隣のテーブルにつき、僕らがまとまったグループに見えるように、テーブルを寄せた。

それから昌は氷いちごを、僕は氷レモンを注文したが、それらが運ばれてきたときには、隣の四人はもうほとんど食べ終わっていた。僕らのために四人は立つことができず、所在なく僕らを眺めていた。かき氷は堆《うずたか》くて、食べても食べてもいっこうに減らない。誰も何も——子供たちでさえ——喋《しゃべ》ろうとしない。

たぶん、誰かが喋り出さなければならないとしたら昌なのだ。だが昌も黙りこくっていた。自分からこの場に割り込んできたにもかかわらず、今はもう周囲にはまったく無関心なふうで、とくに急ぎもせず、むしろのろのろと、家計簿の見直しでもしているように、物憂げな顔でスプーンを動かしていた。

視界の隅に何か動くものをとらえたので、僕は目の前の氷から視線を移した。子供のひとりが、もうひとりの子供に向かって舌を突き出してみせていた。その子も同じように舌を出した。かき氷のシロップで染まっているのを見せ合っているのだ。貫太も倣った。子供たちがそのまま、促すように娘のほうに顔を向けると、娘もぺろりと舌を出した。まるでそれがルールであるかのように、笑いもせず、黙りこくったままで。——と、昌も舌を出した。まず彼らのほうを向き、それから僕に向き直った。赤く染まった舌。

その奇妙な沈黙は不意に、乱暴に破られた。

「いったい何をやってるんだ?」

怒鳴り声は子供たちの父親のものだった。彼の身を包む真っ青なウェットスーツの正面についたジッパーは、臍《へそ》の辺りまで開いていて、孵化《ふか》したばかりの虫のような白く弱々しい肌が覗《のぞ》いていた。父親のうしろにいる母親も同じ色のウェットスーツを——こちらは喉《のど》元《もと》までぴっちりと——着ているので、まるで二人の異星人があらわれたかのように珍妙な感じがした。二人は最初に浜辺にあらわれたときのように、両手にたくさんの荷物を提げていた。浜辺のビニールシートの上に誰もいなくなってしまったから、置き引きされては困る荷物を全部携えて、子供を捜し回っていたのだろう。

父親はあきらかに誰かが何か答えるのを待っていたが、あいかわらず——ただ舌を引っ込めただけで——誰ひとり口を利く者はなかった。彼はようやく、僕と昌の存在に気づいたらしく、

「黙って消えるから心配したよ。どこかへ行くときはメモを置いていってくれないと」

と、取り繕う口調になった。

なおも誰も何も答えなかった。子供たちも。もちろん僕も貫太も。昌も。この場合、言い訳なり謝罪なりすべきであろう娘も、父親が実際異星人の言葉で話しているとでもいう

ように、ただぼんやり彼の顔を見上げているだけだった。

「かき氷、おいしそうね。私たちも食べていきましょうか」

どこからか滲《し》みだした水のような声で、母親がそう言った。

父親は、かき氷を食べていくことに同意した。

それで僕と昌と貫太は、さらにその場で待たなければならなくなった彼の二人の子供たちと娘とにさようならを言って、浜辺に戻った。

時刻はもう午後四時に近かった。浜辺には僕らのほかにはもう誰もいない。隣のビニールシートの上には、おそらくあの父親が誰かに持ち去られてもかまわないと判断したものだけが幾つか置いてあった。空き缶を詰めた袋、ゴム草履、まるめられたビーチタオル。けれどもそれらは重しにしては軽すぎて、ビニールシートは海から吹いてくる風に翻弄《ほんろう》されれ、ぐしゃぐしゃになっていた。

僕らは僕らの場所――そこにはビーチタオルやバッグが、僕らが放りだしていったままのかたちでそっくりあった――に座って、はためくビニールシートを眺めた。まるで、シートが風に吹き飛ばされないように見張っているかのようだったが、実際には僕らは、それが飛んでいってしまうのを待っていたのかもしれない。

貫太が砂山に新しいトンネルを作りはじめた。彼は今日、決して海へは入るまいと決意しているようだった。僕は昌が何か言おうとしているのを感じた。感じたのに、僕の唇は勝手に動いて、

「もう一度泳いでくるよ。最後に」

と言ってしまった。

「そうね」

と昌が言い、

「きっとすごく冷たいよ」

と貫太が言った。僕が立ち上がったときには、貫太はもう何も言わなかった。

僕は海水に包まれる。

その冷たさが、僕の皮膚の内側と混ざるのを待つ。

さっきと同じようにある程度深いところまで泳いでいき、そこで方向転換して、陸地を見た。

昌たちが帰り支度をしているのが見えた。タオルをたたみ、すでに肩に提げているバッグの中に押し込んでいる。貫太は砂の城を蹴飛《けと》ばして壊していた。蹴りやめたところで、こちらを見た。

貫太は手を振る。浜辺から、僕の姿が見えるのだろうか。立ち泳ぎしながら僕も手を振り返した。昌も手を振りはじめた。彼女には、僕が見えていないだろう。貫太に倣って、ただ海に向かって振っているだけなのだろう。それから昌と貫太は、海に背を向け、歩き出した。

先に宿に帰っているつもりなのだろう。手を振ったのは、それを知らせるためだったのかもしれない。僕はそう考える。僕とはべつの生きものたちの、小さくなっていく背中を、僕は見送る。

声

女の傘から落ちる雫《しずく》を、僕は数えはじめる。

ひとつ、ふたつ、みっつ。

百まで数えようと決める。数え終わるまでに、女が立ち去ったらそれまで。

女はベージュのトレンチコートを、襟元とベルトをきっちり締めて着ている。傘の色は赤で、つぼめて留めてはあるが、ビルの入り口で配っているビニールのカバーはつけていない。それで雫が落ち、床の上に小さな水たまりを作っている。

じゅうしち、じゅうはち、じゅうく。傘があんなに濡《ぬ》れているということは、女は僕同様に、六階のこの書店に直行したのだろう。誰かと待ち合わせしているのかもしれない。

雑誌コーナーでタウン情報誌をめくっている。僕はエレベーターホールにいて、人からおかしく思われないように、やっぱり待ち合わせがあるふうに立っている。

ごじゅういち、ごじゅうに、ごじゅうさん。女は二十五、六歳くらいだろう。三十を超えているようには見えない。背が高くがっちりした体格で、頭だけが妙に小さい。真っ黒な髪を厚ぼったいおかっぱにしている。顔を伏せているので顔立ちはよくわからない。雑誌に熱中しているようだが、ページをめくる手はさっきから意外に動いていない。

ななじゅうさん、ななじゅうよん、ななじゅうご。女の左腕に、ボストンバッグがかかっていることに僕は気づく。二、三泊の旅行にでも出るような大きさだ。重たいのか、ときどき左の肩が上下する。床に置くつもりはないらしい。

きゅうじゅうはち、きゅうじゅうく、ひゃく。

とうとう数え終わってしまった。日曜日、町に出るたびに、いつも何らかのゲームをするが、こんなふうに最後までいくことはめずらしい。僕は女に近づいていった。

「璃子？」

女が物憂げに顔を上げた。その瞬間、女は璃子の顔になった。いや違う、璃子が女の顔になったのだ。記憶の中の璃子の顔は、今ではもう定まっていない。

女の目はびっくりするほど大きくて、そのうえ周りが鮮やかなグリーンで囲まれている。

やっぱり、璃子だ。僕は思う。個性的な化粧。ほかの誰に似合わなくても、璃子には似合う。

「璃子だろう？　ね？」

女が黙っているので、僕は重ねてそう言った。不審そうに僕を見返す女の顔に、すうっと、夕方の街灯みたいに、べつの表情が灯《とも》った。

「ええ、璃子だけど……。あなたはどなた？」

驚きで体が震えてくるのを抑えながら、

「お父さんだよ」

と僕は答えた。

僕らはエレベーターで下りて、地下道を通り、べつのビルの中にある喫茶店に入った。それは日曜日の僕のお決まりのコースでもある。細長くて暗い、靴箱みたいなその店の、顔見知りのウェイターは、ひとりではない僕をほとんど目を剝《む》いて見た。

午後二時前。いつもよりも少しだけ遅いが、いつもと同じように、客席はほとんど空いている。女も昼食がまだだと言い、僕らは揃って、ホットサンドとコーヒーのセットを注文した。ここでホットサンドを食べるのも僕の決まりごとだった。ある年齢を過ぎてから、日課や習慣が大事なものになってきた。決まった日に決まったことをすると、時間が早く経つ気がする。だがぎゃくに、そのせいで時間が止まったように感じられることもあり、自分が望んでいるのはじつのところどちらなのか、よくわからない。

僕らは向かい合って座った。女はコートを脱ぐと隣の椅子に置いたが、ボストンバッグは膝《ひざ》の上に載せた。濃いグリーンのワンピースは、女を油彩のポートレートのように見せた。女は恥ずかしそうにくすっと笑って俯《うつむ》いた。

「あたしが璃子だって、どうしてわかったの」

「お母さんにそっくりだからさ。お母さんは元気？」

「一年前に亡くなったわ」

と僕は言った。

「それは……」

「知らせなくてごめんなさい。でも、知らせようがなかったんだもの。お父さんの居所を、お母さんはあたしに隠してたから」

母親は病気で死んだのだと女は言った。病気が見つかったときにはもう手遅れで、それから三月も持たなかった。知り合いはみんな、いい死にかただと言った。闘病の辛《つら》い時間が短かったから。そんなに悪くなるまで何の自覚症状もなかったのも、母親らしいと言われた。でも、本当はずっと調子が悪いのを、隠していたのかもしれない。あたしたちにも、自分自身にも。それこそお母さんらしいと思わない？　と女は言った。

「そうだね」

女がたくさん喋《しゃべ》ったことに、僕は驚いていた。女のほうでも、我に返って驚いているような顔をした。僕らは笑顔を交わした。親密さのこもった笑顔だ。

「あたし、ずっとこんなふうに喋りたかったの。お母さんのこと。もちろん友だちはいるのよ。でも、何がお母さんらしいとからしくないとかって、他人にはどうしたって理解できない部分があるでしょう。血が繋《つな》がっているだけで、それだけで伝わることってあるのね。お父さんに会って、それがわかった。今日会えて、ほんとによかった。突然声をかけられてびっくりしたけど、何だか予感もあったの」

「うん、僕もだよ」

ウェイターが、サービスのコーヒーを注ぎ足しにやってきた。いつもならここで、僕はコーヒーを三杯飲む。だがこの日、僕らのコーヒーはどちらもほとんど減っていなかったので、彼は僕に向かって僅《わず》かに眉毛《まゆげ》を上げてみせた。

ウェイターは女と同じくらいの年頃だ。とても痩《や》せていて、ストライプのシャツがベルトの上で風船のように膨らんでいる。僕のカップの上にサーバーを傾けて、溢《あふ》れないように細心の手つきで、僅かな分量を注ぎ足しはじめる。

「お父さんに会えて、あたし本当に嬉《うれ》しいのよ」

璃子はウェイターに聞かせるように言った。

「お母さんがお父さんを悪く言ったことはなかったわ。わかっていると思うけど……。お母さんは生きているうちは、あたしをお父さんに会わせたくなかったみたいだけど、こんなふうにいつかお父さんがあたしを見つけてくれることも、きっとわかってたのね」

ウェイターが女のカップにも注ごうとすると、女は手で蓋《ふた》をして断った。

「お父さん、今日はこのあと、何か予定があるの？」

僕は首を振った。

「それじゃあ、一緒にお墓参りに行きましょうよ」

雨はさっきよりも小降りになっていた。

歩行者天国の大通りを、僕らは赤い傘ひとつに入って歩いた。

女がそうしたがったのだ。ボストンバッグを持ってやろうかと僕が言ったら、じゃあ傘をお願い、と自分の傘を差し出した。

雨なのに大勢の人が歩いていた。傘のせいでむしろいつもの日曜日より賑《にぎ》わって見える。

人の流れが交じらず、みんな同じ方向を向いて歩いていた。どこかで祭りでもあるみたいに。

「お祭りに行ったときのこと、璃子は覚えてる?」

女にそう聞いた僕が思い出していたのはパレードのことで、それは奈央子が死んだときのことだった。そうして、僕が手を引いて近所の祭りに連れていったことがあるとすれば、奈央子との間にできた息子の航に違いなかったが、

「うん、よく覚えてる」

と女は答えた。

「見世物小屋の前で、お父さんとお母さんは口喧嘩《くちげんか》したのよね。お母さんは入りたがって、お父さんはいやがったの。あの日も雨模様だったのね。見世物小屋に入っていたらほかの屋台を見てまわる前に雨がひどくなる、ってお父さんが言ったのを覚えてる。しん粉細工の屋台に行ったわね。あたしが花を注文したら、しん粉細工のおじさんが、チューリップが三本咲いている花壇を作ってくれたよね。覚えてる? そんな細かいものを、鋏《はさみ》でちょんちょんって、あっという間に作っちゃって、感激したのよ、あたし。お母さんはそのときどこにいたんだっけ。結局ひとりで見世物小屋に入ったの?」

ああ、たしかそうだったねと僕は答えた。

その辺りでいちばん大きなデパートの前に、僕らは差しかかっていた。ちょっと寄ってもいいかしらと女は言った。靴を見たいの。

赤い傘をつぼめると、入り口に用意してあるビニールのカバーを、今度は女はちゃんとつけた。デパートの中はべつの国みたいに明るかった。買い物はもちろん、デパートに入ること自体がずいぶん久しぶりだった。妻や恋人たちがいた頃、二、三度付き合って来て以来だ。奇抜な衣装をつけたマネキンは見知らぬ国の住人か、でなければめずらしい植物みたいに見えた。目の前の光景が逆流して、曖昧《あいまい》な記憶は易々《やすやす》と塗り替えられてしまう。

靴売り場へ行くと、女はディスプレイの棚から、驚くほど滑らかな革のつやつやした葡《ぶ》萄《どう》酒色のハイヒールを、果物をもぐように取った。これ、素敵。雨水で汚れた黒いパンプスを脱ぎ捨て、無造作に履き替える。そのまま鏡のほうへ歩いていく。サイズをたしかめもせず履いたのに、履き慣れた靴のような足取りで。女店員が慌てたように近づいてきた。

「いかがですか。ほかのお色も取りそろえてございますよ。黒やベージュや……」

「これがいいわ」

その靴は、もともと履いていた靴の三倍ほどの踵《かかと》があるので、女はぐんと背が高くなっている。

「昨日入ってきたばかりなんですよ。足元がぱっと華やかになるでしょう。今お召しのワンピースにも、ぴったりですね」

「どうかしら? お父さん」

女は腰に手をあてて、ぐるりと僕を振り返った。

「よく似合うよ」

実際、その靴は女のために誂《あつら》えられたように見えた。ハイヒールを履いた女は堂々として、それまでよりも格段に美しく見え、店員すらそのことに気づいて、臆《おく》していた。

「僕が買ってあげる」

「本当?」

だが、女が脱いだ靴についている値札を見たとき、僕の所持金では到底払いきれない金額であることがわかった。僕は店員に靴を包んでおくように言い、お金を下ろしてくるからと女に言って、その場を離れた。

夜勤でビルのガードマンをしているバイト料が、ちょうど振り込まれたばかりだった。ATMで靴の代金を下ろすと、預金残高のほぼ半分が失われることになったが、かまわなかった。女にどうしてもあの靴を買ってやりたかった。

デパートへ戻る足取りは、途中から早足になった。女が僕を置いて立ち去ってしまうかもしれない、という考えが浮かんだからだが、しかし女は靴売り場のレジの前でちゃんと待っていた。

「こっちを買うことにしたの」

カウンターの上に置いてあるものを見て僕はえっと思った。小さなキーホルダー。きらきら光るガラス玉を嵌《は》め込んだ、鳩のかたちの洒落《しゃれ》たものだが、ついている値札の金額は、靴の十分の一にも満たない。

「ずっとこういうのがほしかったの。ね、こっちを買って」

仏頂面の女店員に、僕は五千円札を出した。

僕らはエスカレーターに乗った。

お父さんにも何か買ってあげたい、と女が言ったからだ。

上へ上へと、僕らは上がっていった。僕を先導する恰好《かっこう》で前に立っている女が振り向き、エレベーターはきらいだけどエスカレーターは好き、と言って笑った。買い物かごのように左肘《ひだりひじ》にかけているボストンバッグには、さっき買ったキーホルダーがついている。

紳士物売り場で僕らは降りて、高級そうなブティックのショーウィンドウを眺めながら歩いた。少なくない人が歩いているのに、奇妙にしんとしていた。僕らにしても笑い声をたてたりするわけでもないのに、なぜかみんなから見られているような気持ちになった。

こんな場所へ来たことは若い頃にさえなくて、「ここ、どうかしら？」と女に店を示されても答えようもない。

どのみち女も、僕の意見はあてにしていないようだった。ユニオンジャックをプリントした奇抜な背広がディスプレイされた店に、すたすたと入っていった。まるで僕がいることを忘れたように女が店内のあちこちを熱心に見てまわる間、僕はトレンチコートを着たマネキンのそばに所在なく立っていた。コートの片身頃には摩天楼のモノクロ写真が転写されている。店員の青年が、体を縮めるようにして僕の横を通り過ぎた。

「お父さん、来て」

女の声はどちらかというと細いのに、何かが落ちて砕ける音のように響き渡る。

女はガラスケースの前にいた。僕に続いて呼ばれた店員が、小さな鍵《かぎ》でそれを開けた。

これ、素敵じゃない、お父さん？　女が手に取ったのは腕時計だ。黒い革のベルトはシンプルだが、文字盤がいやに大きくて、ぐるりを小さな銀色の鋲《びょう》が囲んでいる。

「そんな高価なもの……」

言いながら僕は、ガラスケースのビロードの上に留めつけてある、小さな値札をたしかめて、あらためてぎょっとした。さっき買ってやれなかった靴の三倍以上の値段だったから。

「いらないよ」

「あら、腕時計って、いいじゃない？　記念っぽくて。これにしましょう」

女はまるで取り合わず、時計を買うことを店員に伝えた。ひょっとして桁《けた》を見間違えているんじゃないかと思ったが、時計を持った店員と一緒にレジに行くと、カードで当たり前のように会計をすませた。ああ、箱はいいわ。そっちで捨てて頂戴《ちょうだい》。女は手ずから僕の左手首に時計をつけた。僕のくたびれたジャンパーの袖口《そでぐち》に、それはまるで似合わない。

時計は重くて、バンドの金具が歩くたびにチャラチャラ鳴った。

外したくなったが、女の前では外せない。どこまでもついてくるチャラチャラという音が、次第に神経に障りはじめる。

今まで何人もの女に「璃子」と呼びかけてきた。

女が振り返った一瞬、僕の前に璃子がよみがえる。それが僕の日曜日の楽しみだった。

どの女もたいていは目を見開く。そして次の瞬間には「違います」「いいえ」と首を振る。

あるいは何も言わず、薄気味悪そうな顔で離れていく。

「ええ。璃子だけど……」

そう答えたのはこの女がはじめてだ。この女もゲームをしているのだろう。僕はそう考えていた。僕と同じ理由で日曜日の街をうろついている人間が何人いても不思議には思わない。むしろ僕はときどき、行き交う人たちみんながゲームのためにここにいるんじゃないかという気持ちになることさえあるのだから。

だが、もしかしたらこの女はゲームなどしていないのかもしれない。チャラチャラという音を聞きながら、僕はそう考えはじめる。この女は本当に璃子なのかもしれない。僕の知らない璃子。だが僕を知っている璃子。

僕らはまだデパートにいた。女はもう僕に行き先を伝えることもなく、エスカレーターに乗ってどんどん上がっていく。女がゲームをしていないのならルールもないだろう。僕は恐くなる。だが、まだ女と別れたくない。

僕たちは屋上に出た。雨はもう止んでいたが、ガーデンテーブルがぽつぽつと並ぶ広場には人っ子ひとりいなかった。タイルを敷いた地面は水はけが悪くて、雨水が溜《た》まっていて歩くとぴしゃぴしゃと跳ねた。テーブルも椅子もじっくりと濡《ぬ》れていた。広場の番人のように並んでいる自動販売機で、女はコーンスープを、僕はホットココアを買い、最初からそうするつもりだったというようにコンクリートの囲いにもたれて飲んだ。コンクリートは僕の胸ほどの高さで、飛び降り防止のためだろう、その上に緑色の金網が張り巡らされている。

金網の編み目から、灰色にけぶった街が見下ろせた。ずっと昔、小さな男の子と一緒に同じようにして街を見下ろしたことを僕は思い出したが、その子が息子の航だったのか、恋人だった昌の息子の貫太だったのかははっきりしない。あるいは僕自身の幼い頃の記憶であるような気もする。

女はものを言わなくなった。ある瞬間から電気がぷつっと切れたような様子になった。黒とミドリと灰ミドリ。僕らのちょうど正面にある大型書店のビルの壁面に、芝居の垂れ幕がかかっている。あのビルにはたしか劇場もあったはずだから、今そこで上演中のものだろう。主演女優も演出家も、もちろんタイトルも聞いたことがない。劇団をやめてから年月が経ち、芝居そのものから離れてさらにじゅうぶんな月日が経っている。

「お母さんが芝居をしていたことは知ってる？」

その言葉は僕にとって独り言に近かったが、女はぱっと振り返った。

「本当？　あたしも芝居をしていたのよ。女優だったの」

僕が思い出していたのは昌のことだった。劇団で出会った昌。昌を捨てたのと同じときに、僕は劇団をやめた。数年経って再会したときには、昌ももう芝居を続けていなかった。

「もうやめちゃったのかい？」

「ええ。今はもう……」

「どうして？」

「つまんなくなっちゃったから」

あっさりと女は答えた。そんな自分が可笑《おか》しいというふうに、くすくす笑った。女の目がゆっくりと動き、足元のボストンバッグを見下ろす。今それははじめて女の手から離れたところにあるが、それでも誰も手が出せないように彼女の両足がしっかり挟み込んでいる。

「お母さんは、どうして芝居をやめたの」

「うーん」

絶望、という言葉が浮かんだ。たしかそれは昌の声で発せられたはずだ。絶望したのよ。それが芝居をやめた理由だったろうか。

絶望したのよ、あなたには。だが声は、そんなふうにも続くようだ。あたしが芝居をやめた理由を、あなたは一度も聞かないのね。昌はそう言ったのだったかもしれない。実際僕は、彼女が芝居をやめた理由がわからないのだから。しかしその言葉はあらためて奈央子の声になって響きもする。一度は僕の妻だった奈央子。昌を捨てる理由となった女。絶望したのよ、あなたには……。

眠れない夜、耳に響くときと同じように——蛍みたいに僕を囲んでふわふわと浮かび、そのせいで眠れないのだと最初は考えているが、やがて子守歌さながらに、それらこそが僕を眠らせるものとなる——、どの女の声もやさしげだった。やさしげで倦《う》んだ声。僕はそれを味わいながら、女への答えを考え、結局、絶望という言葉を、

「つまらなくなったんじゃないかな」

と言い換えた。

女は僕をじっと見て、

「やっぱり?」

と呟《つぶや》いた。

「そのボストンバッグには、何が入ってるの」

ずっと聞きたかったが、聞いてはだめだと思っていたことを僕は聞いた。

「しっ」

女は僕の肘《ひじ》に触れて、入り口のほうへ視線を促した。警備員がひとり立っていて、僕らのほうを見るともなしに見ている。

「飛び降りると思ってる」

女は笑った。

「ここは名所なのよ。ずいぶん前のことだけど、何人か続いたの。それで金網を張ったのよ」

「へえ」

「飛び降りるわけないじゃない？」

女が返事を求めているようだったので、僕は急いで頷《うなず》いた。

「でも、もう、行きましょう」

お墓参りに行かなくちゃね、と女は言った。


デパートの一階で、女は花を買った。

バラや百合《ゆり》やトルコ桔梗《ききよう》をふんだんに盛り込み、レースのリボンで飾った大きな花束を作らせた。あいかわらず女はボストンバッグのハンドルをしっかりと握っていたが、花束を持つのは僕に任された。

デパートを出て女が向かったのは書店のビルだった。女はまたものを言わなくなっていたが、今度は電気が切れたというよりは、何かのスイッチが入ったように行動した。きらいだと言っていたエレベーターに小走りに駆け込む女のあとを、僕は慌てて追った。女がかまってくれないので、閉まりかけたドアをこじ開けて入らなければならなかった。

エレベーターの中はひどく混み合っていた。各階で停まるたびに人が乗ってきたが、降りる人はいないのでどんどんぎゅう詰めになった。花束が潰《つぶ》れないように頭上に掲げている僕を、みんなが迷惑そうに見た。エレベーターの中にも、屋上から見た芝居のポスターが貼ってあった。黒とミドリと灰ミドリ。そうか、この人たちはみんな芝居を観に行くんだ、と気がついた。

劇場がある最上階に着き、吐き出されるようにエレベーターを降りたところで、女は僕から花束を取った。

「ありがとう」

それはお礼の言葉というより別れの挨拶《あいさつ》のようだったが、僕は女についていった。たぶんこれまでにこの劇場で上演されたラインナップだろう、芝居のポスターが絵画のようにガラスケースの中にディスプレイされた長い廊下を、女はさっさと歩いていったが、途中でふっと振り向いて僕を見た。

そうね、一緒にお墓参りに行くのよね。女がそう呟くのが聞こえた気がした。ロビーへ入ると、僕を伴い、関係者様と記されたカウンターへ向かった。そこにいる人たちがみんな、ぎょっとしたように女を見る。席を用意してほしいというようなことを女は言った。カウンターの中はごたごたとし、しばらく待たされたあと、女はチケットを二枚受け取った。

「あの、お花はこちらでお預かりしています……」

劇場内へ入ろうとしたところで、入り口横で待機している係員が言った。

「お花やプレゼントは、中へお持ちになれません。終演までこちらでお預かりさせていただいています。私どものほうから劇団員へお渡しすることもできますので……」

「ああ、そうだったわね」

女は素直に頷き、花束をぽんと係員に渡した。

「うっかりしていたわ。それじゃ、……さんに渡してね。間違いなくお願いします」

よく聞き取れなかったが、男優の名前を女は告げたようだった。僕らは中に入った。座席は一階の舞台正面、前から二列目といういい席だった。

「君はこの劇団にいたの？」

女を「璃子」と呼ばなかったことに僕は気がついた。女のほうもわかった様子で、薄く笑った。

「ええ、そうなのよ、お父さん」

低く流れていた音楽が止まる。場内が暗くなった。スポットライトが舞台を照らすと、三人の男女と、花と緑が溢《あふ》れる温室のような場所の写真を写した書き割りがあらわれた。

「小石川《こいしかわ》先生が自殺するって本当なの？」

「ああ、小石川先生は明日、自殺するらしい」

「見に行ったら失礼かしら？」

「どんなものかな。小石川先生はああ見えて神経質だからね」

「そのときはニコニコ笑ってらっしゃっても、あとで悪口を仰《おつしや》ったりするのよね」

「この場合、あとではないよ。死んでしまうんだから」

「あら。それはそうね」

うふふ、あははと三人は笑う。それぞれ違うデザインの服を着ているが、どの服も灰色だ。

芝居は、小石川先生という男を巡って様々な人たちが語るかたちで進行した。どの場面にも同じ温室ふうの書き割りがあり、語り手たちは老若男女、みんな灰色の服を着ていた。

灰色のセーラー服を着た娘は、独りきりで登場した。

「見せ物小屋の前で、お父さんとお母さんは口喧嘩《くちげんか》したのよね。お母さんは入りたがって、お父さんはいやがったの。あの日も雨模様だったのね。見せ物小屋に入っていたらほかの屋台を見てまわる前に雨がひどくなる、ってお父さんが言ったのを覚えてる。しん粉細工の屋台に行ったわね。あたしが花を注文したら、しん粉細工のおじさんが、チューリップが三本咲いている花壇を作ってくれたよね。覚えてる？　そんな細かいものを、鋏《はさみ》でちょんちょんって、あっという間に作っちゃって、感激したのよ、あたし。お母さんはそのときどこにいたんだっけ。結局ひとりで見せ物小屋に入ったの？」

　僕は女を窺《うかが》ったが、女はそ知らぬ顔をしていた。

　女は微動だにしなかった。食い入るように芝居に集中しているようにも、心がそこにないようにも見えた。何度目かの暗転があり、緑色のスーツを着た痩《や》せた男があらわれた。男は緑色のジョウロを手にしている。足元の草木に水をやっているようだ。科白《せりふ》はない。ジョウロから落ちる水の音だけが、観客席のうしろのほうから聞こえてくる。

　ああ、彼が小石川先生なんだな。そう思ったとき、女が不意に立ち上がった。ずっと持っていたボストンバッグを体の前に掲げている——いや、バッグではなく、その中から取り出したＣＤデッキだ。

　女は幾つかの操作をする。すると声が流れ出した。叫び声。呻《うめ》き声。それがセックスの最中のものであることは、間もなくあきらかになった。女の声だ……この女の声だろう、と僕は確信する。録音された女の声は、喘《あえ》ぎながら男の名前を呼ぶ。その名前は、ジョウロの音を滑るようにして、劇場内に響き渡る。

　場内は静まりかえっていた。静かだから女の声が響くのではなく、誰もが女の声に耳を澄ませて、息を詰めているようだった。舞台上の男は強《こわ》ばった顔を一瞬上げてすぐ戻し、小さく首を振った。そのどこまでが演技なのかはわからない。

薄い明かりが差し込んできて、振り向くと数人の男たちが入ってきたところだった。扉は開け放たれたままで、ロビーの明かりが自分たちの姿をくっきり浮かび上がらせていることには気がつかないのか、低過ぎるほど身を低めて、這《は》うようにして僕らのほうへ近づいてくる。

女はあいかわらず舞台に向かって突っ立っていた。赤ん坊を抱くように左手でCDデッキを抱え、右の手は、おそらくヴォリュームのつまみだろう、そうしていれば無限に音量が上がるとでもいうようにかたく握っている女に、

「璃子、帰ろう」

と僕は囁《ささや》いた。

骨

「だから」

と女は苛立《いらだ》った声で言った。その二人とぼく以外に客がいないカフェテリアに、その声はものが割れる音みたいに響いた。

「一年か二年で立ち退かなきゃならないなら、引越す意味ないじゃない？　そのいちばん肝心なことを、たしかめてないの？」

「たしかめたよ」

男はぼそぼそと答えた。男も女も四十代半ば、ぼくの母親と同じかちょっと若いくらいだ。よく見ると女はわりと美人で着ているものもセンスがいいが、男がしょぼいせいでわりを食っている。

「再開発の予定地にある家を一軒一軒回って立ち退きを了解させるわけだから、なんだかんだって十年くらいかかるんじゃないかって、不動産屋は言うんだよ。その間に計画が変更になる場合もあるって……」

「場合もって、そうじゃない場合になる可能性のほうが大きいじゃないの。何も好きこのんで、そんな土地を買わなくたって」

「買うなんてまだ言ってないじゃないか」

「じゃあ、どうして見に来たの？　こんな遠くまで。どれだけ素敵な家が建ってたって、せいぜい十年しか住めないのよ。来るだけ無駄だって気がつかなかった？」

「九番でお待ちのお客様……」

ウェイトレスがぼくのところにハンバーガーを持ってきた。一口齧《かじ》ってコーラを飲み、もう一口齧ってから、ぼくはいつもの携帯サイトにアクセスした。

「東大合格予定者どもの部屋」という掲示板だ。予定者というのはもちろん希望者と同義語で、つまりは東大合格を目指している受験生（原則的に浪人はNGで、現役高校三年生）が集まって、情報交換したり励まし合ったり愚痴を言い合ったりする場所《サイト》——実質的には、罵《ののし》り合ってストレス解消する場所。

昨夜もどこかのばかが、「下級生女子から告《コク》られました。結構好みのタイプなんだけどやっぱこの時期に彼女作るのはまずいですかね？」とかいう書き込みをしていたが、早速「ぬるいこと言ってんじゃねえよ」「それ妄想だろ？」等々の罵倒《ばとう》が集中している。それで、携帯電話の小さなボタンを押してぼくも書く。

〈性欲処理用として有効活用したらどうですか？〉

ハンバーガーを食べ終わってから見てみたら、ぼくの書き込みに対するコメントがもうついていた。

〈品性下劣。そーゆう考えかたするやつが東大入ったとしても、世の中の害になるだけ。っていうかたぶんこいつ口だけ。性欲処理とか、いちどリアルで経験してから言え〉

ずいぶん過剰な反応だ。最初の、告られたと書いてきたやつだろうか。だが、この書きぶりは女かもしれない。匿名はもちろんだしなりすまして書き込むやつもいるから、考えてもしょうがない。

「待ってよ、トイレに行くんだから。どうして何も聞かずに立ち上がっちゃうかなあ」

女はまだがみがみ言っている。

ぼくは携帯電話を閉じてコーラを飲み干し、立ち上がったまま身動きできなくなってしまった男の横を擦り抜けて店を出た。

夏休みは今日で終わりだ。

この町はあまり暑くない。今日は曇りだが、なんだか三百六十五日曇っているような町だ。都内のぼくの家からここまで来るのに、電車を三本乗り継ぎ二時間あまりかかった。郊外だが緑が多いわけでもない。人気もない。ぽつぽつと見かける店は、たいていは閉まっている。

ぼくは一軒の家を目指している。骨を引き取りに行く。その骨は、たぶんばあちゃんの恋人だった男のものだ。

電話は昨晩かかってきた。夜八時頃。夕食が終わったところで、ばあちゃんは洗いものをはじめていたから、ぼくが取った。あかるい声の女だった。

あかるくてかるい、スナック菓子みたいな声。こんばんは、野添《のぞえ》璃子さんはそちらにいらっしゃいますか、と言った。すぐにばあちゃんに代わってもよかったのだが、ちょっと奇妙な感じだったので、どちら様ですか、とぼくは聞いた。

リコです。女は答えた。ぼくが咄嗟《とっさ》に反応できずにいると、くすくす笑い出した。嘘よ。リコは芸名なの。でも、結局本名は言わなかった。

あなたはどなた？　かわりに女はそう聞いた。ぼくは野添璃子の孫です。

孫。女は感心したように繰り返した。

受話器をばあちゃんに渡してからも、ぼくは部屋を出ていかなかった。台所の入り口に突っ立って聞き耳を立てながら、携帯電話の操作に気を取られているふりをしていたが、どのみちばあちゃんはぼくのことなどちっとも気にしていなかった。

ぼくの存在など消し飛んでいた、ともいえるが、だからといってばあちゃんの様子は、電話に心を奪われているというふうでもなかった。「なんか、へんな女のひとからだよ」と言いながらぼくが受話器を渡したせいで、はじめ警戒し、緊張していたばあちゃんの背中は、次第に弛緩《しかん》していった。スナック菓子の声の女と話すばあちゃんの声は小さい上に、ばあちゃんのほうから何か聞き返すということもなく、ただ短く「はい」「ええ」と相槌《あいづち》を打つばかりだったので、どんな話をしているのかそのときはわからなかったが、喋《しゃべ》るにつればあちゃんから空気が抜けていくようだった。ぼくは、子供の頃持っていたぐにゃぐにゃのトラのぬいぐるみ——投げつけて、いろんなかたちにして遊ぶ——を思い出した。

「康《こう》ちゃん、明日、A市まで行ってくれない？」

電話を切るとばあちゃんは、ぼくがまだそばにいることに驚く様子もなく、いきなり言った。

「A市？　何しに？」

「お骨を引き取りに行ってほしいのよ」

「なんだよ、それ?」

「住所と電話番号、ここにあるから」

「誰のお骨よ?」

「誰のだっていいから。行ってよ、お願い」

「わけわかんねえ。俺、受験生なんだぜ?」

ばあちゃんは恨みがましそうに黙った。ぼくを行かせるために事の次第を話すつもりはなさそうだったが、結果的にはそのことがぼくの気を変えた。

「骨、取りに行ってくるから」

今朝の朝食の席でそう言うと、ばあちゃんは顔をしかめた。

「なんで?」

「行ってほしいんだろ?」

「もう、いいわよ」

ぼくは呆気《あっけ》にとられた。ばあちゃんの顔には嫌悪感が滲《にじ》み出ていた。ぼくが小学生の頃、母親から買ってもらった携帯電話をみせびらかしたときみたいに。

「行くよ」

ぼくは小学生のように言い張った。

「やめなさいよ」

ばあちゃんはそう言ったが、それは携帯電話のとき同様に、ぼくを諭すことに早々と倦《う》みはじめている声だった。

家並みにはボロ家と新築が互い違いに交じっているが、全体的にくすんでいる。ときどき申し訳みたいにあらわれる畑の作物の上にも埃《ほこり》が被《かぶ》っている感じだ。鮮やかに目に入ってくるものは立て札。「郷土の自然を守ろう」「住民不在の再開発を許すな」「立ち退き反対」などとへたくそな字で、油性マジックを何色も使って書かれている。さっきの店の男女が話していたのはこのことか。

メモの番地を辿《たど》りながら歩くうちに次第に上り坂になり、やがて小高い丘の上に出た。ぶつりと断ち割ったような斜面に、小さなボロい家がフジツボみたいに張りついている。ひときわボロい灰色の一軒が、教えられた住所の家だった。「吉田《よしだ》」という表札がかかっている。電話の女から結局ちゃんとした名前は聞いていなかった。吉田リコ。頭の中で呟《つぶや》いてみてから、呼び鈴を押した。

玄関から部屋へ通されるまでに、狭くて短い階段を下って上がった。迷路みたいな家だった。

部屋自体もごちゃごちゃしていた。そこはダイニングらしかったが、アイロン台や季節外れの石油ファンヒーターや、梱包《こんぽう》を解いたままの段ボール箱なんかが所狭しと置いてあった。食卓の上もいろんなもので散らかっていた。女はそれを腕で片側に押しやって、「どうぞ」とぼくに椅子を勧めた。

女が台所から麦茶のポットとコップを持ってきて向かいに座ったとき、ぼくはあらためて彼女をじっくりと見た。歳は三十歳前後(電話の声の印象よりも若い)、まあまあ美人、しかし体はでかくて、鬘《かつら》みたいな厚ぼったいボブヘアーと濃い化粧のせいで、おかまみたいにも見える。

「あなたは誰?」

女はやさしくそう聞いた。

「広渡《ひろわたり》康」

ぼくは答えた。

「最初に電話に出たお孫さん?」

「はい」

「野添璃子さんって誰なの?」

そう聞いたとき、女は目の端に笑いを滲ませていた。

「誰って？」

ぼくが聞き返すと、とうとう女はくすくす笑いだした。

「あたし、何にも知らないのよ」

ぼくだってそうです、とぼくは言った。


遺書があったのよ、と女は言った。

遺書っていってもメモみたいなものだけど。本屋さんがくれたおまけのメモ帳に走り書きしてあったんだけど。

自分が死んだら、骨は野添璃子に渡してくれって。住所と電話番号も書いてあったんだけど、お引越ししたんでしょう？　捜すのに苦労したのよ。

女が説明する間、ぼくは彼女の手を見ていた。それはずっと動いていたからだ。女がさっき脇に寄せたものの間で動いていた。厚紙や、いろんな色の油性マジックや、ガムテープなんかの間で。

女の手元の厚紙には「地元住民不在の開発は正しくない」と書かれていた。「正しくない」という字の下に黒いマジックで波線が二本引いてあり、女は喋りながら、線と線の間を赤いマジックで塗り潰《つぶ》した。似たような文句が書かれた厚紙がほかにも何枚かあった。女が立ち退き反対グループの一員であることはわかったが、メンバーはこの女ひとりだけなんじゃないかと何となく僕は思った。

「去年、うちに移ってきたから」

女に聞きたいことが幾つもあったのに、ぼくの口から出たのはそれだった。え？　と女は一瞬マジックの手を止めたが、すぐに祖母のことを言っているのだとわかったらしく、どうでもよさそうに、へーえ、と頷《うなず》いた。

「母が父の転勤先についていったから。祖母がうちに来たんです」

女がそれ以上何も聞かないのでぼくは言った。

「じゃあ君だけがおばあちゃんと暮らしてるの？」

女は再びマジックを動かしはじめながら聞いた。

「そうです」

「君、おばあちゃん子なの？」

「受験だから」

なるほど、と女は言った。緑色のマジックに持ち替え、葉っぱのような蝶々《ちょうちょう》のような絵を字のまわりに描き込んでいる。下手だし、あんな絵がついていたら全然本気じゃないみたいで逆効果だろう。

　あの、とぼくは言った。

「誰の骨なんですか?」

「櫻田さんの骨」

　女は答えた。手は休めない。

「櫻田さんが誰だったのかは、あたしもよくわからないの。病気になるまでは駐車場のガードマンだったわ。でも、その前には塾で教えたりしてたこともあったみたい。働くのがしんどくなって、ここに来たのよ。この家はうちの両親が遺《のこ》してくれたの」

　へえ、とぼくは女を真似て頷いたが、じつのところ何ひとつ腑《ふ》に落ちなかった。駐車場のガードマンだったということは、櫻田というのは男性だろう。女は櫻田の恋人だったのだろうか。そうすると、櫻田と祖母の関係というのはなんだろう。

「何歳だったんですか、その、櫻田って人」

「七十三」

　女はまた即答してから、今度は手を止めてぼくを見た。

「君、本当に何も知らないのね。おばあちゃんから何も聞いてないの?」

　ぼくは頷く。

「あたしの推測だけど、おばあちゃんは櫻田さんの心の恋人だったんだと思うわよ」

「心の恋人……」

ぼくは少し笑ってしまった。すると女も笑って、

「あたしは体の変人だったけどね」

と言った。


どこかで電話のベルが響き、女はマジックその他と一緒くたになっていた子機を取った。

「ああ、はい……」

ひどく不機嫌な調子で応対する。

「……だから、そういうの行く時間がないんですよ、あたし。かまわないからそっちはそっちでやっちゃってください。……え？　だから、それがおかしいってこないだから言ってるんですよ。あたしがすることを、どうしていちいち知らせなくちゃいけないんですか。べつに特殊なことはしてませんよ。会合とか申し合わせとか、そういうのがきらいなんです。え？　きらいなのは勝手でしょう……」

体の変人か。

女が受話器に向かって言い募る声をBGMにして、ぼくはあらためて考えてみる。咄嗟《とっさ》

に思いついたジョークじゃないだろう。いかにも繰り返し口にしてきた感じだった。でも、櫻田という男以外の誰かに聞かせたことがあるとは思えない。

女の電話はなかなか終わらず、ぼくも携帯電話を開いた。サイトに接続すると、また書き込みが増えている。

〈前から思ってたことを書きます。もうさ、ヤなんだよね、東大受かるやつが絶対的に勝ちみたいな、この感じ。そりゃ東大入りたいけど、だからこのサイト探してきたんだけど、はっきり言って、ここに書き込んでるほとんどの人たちとは友だちになりたくない。なんなの？　性欲処理用って、その考えかた人としてどうなの？〉

〈大丈夫。友だちになんてぜったいならないから。だって君は落ちるから（笑）〉

〈「人として……」って、負け犬さんがよく使うボキャだよねｗ〉

〈みんな、論点ずれてるよ。告られた話はどうなったの？〉

〈だからうぜえんだって、そーゆーのは。今日が何日だと思ってんの？　高三の8月31日だよ。告られたからどうしましょうとか、読むだけで頭悪くなりそうだからヤメテ〉

ぼくは思わず笑ってしまう。ヒマなやつばっかりだ。書き込みするヒマに英単語のひとつも覚えればいいのに。

そう考えながら、

〈付き合ってられませんね〉

と打ち込む。

〈ずっと観察してたけど、信じられない程度の低さ。この板に書き込んでいる56人のみなさん、申し訳ないけどぼく以外全員落ちますよ。お友だちになれなくて残念です〉

本気で吠《ほ》えているわけじゃない。怒らせるのが面白いだけだ。女が電話を置いたので、ぼくも携帯を閉じた。

「チャット？」

ぼくが食卓に戻ると、女はわかったようなことを言った。そんなようなもんです、とぼくは答える。女はちょっと鼻白んだ顔になり、またマジックを取った。マジック片手に、新しい厚紙を見下ろす。次のコピーを考えているようだ。

「立ち退きになるんですか、ここ」

ぼくはついそう聞いてしまい、

「ならないわよ」

と女は不機嫌な顔を上げた。ぼくがこの家に来てはじめて、無遠慮にぼくを眺めた。

「骨、見る？」

まるでぼくがそれをねだったような口調で女は聞いた。

「はい」

見るっていうか、取りに来たんだよ、とぼくは心中で呟《つぶや》きながら頷いた。

再び階段を上がったり下ったりして、小さな部屋に案内された。

絨毯《じゅうたん》みたいな花柄の暑苦しいカバーをかけたシングルベッドが置いてあった。ほかに家具らしいものはなかったが、細々したものを入れた箱やカゴや脱ぎ散らかした服なんかでやっぱり散らかっていた。斜めになった天井に天窓が開いていたが、表の明るさはほとんど入ってこなくて薄暗かった。女がスイッチを入れると、蛍光灯が白々と室内を照らした。

女は床の上のものを掻《か》き分けるようにして部屋を横切り、作り付けのクローゼットを開けた。

「じゃじゃーん」

隠していたプレゼントでも渡すみたいに、白い布張りの箱をぼくに向かって差し出した。じゃじゃーんじゃねえよ。ぼくは箱を受け取った。見るのも持つのもはじめてだった。線香と樟脳《しょうのう》が交じったような匂いがする。布には渦巻き模様の柄がついていて中華料理屋の土産物みたいだ。

「中、見てみる?」

あまり見たくはなかったが、骨を見る女の様子を見てみたいと思ったので、頷いた。女はぼくから箱を取ると、ベッドの上で胡坐《あぐら》をかいて、足の間に箱を置いた。

女は箱の蓋《ふた》を開け白い骨壺《つぼ》を取り出し、その蓋も開けた。女の仕種《しぐさ》も、箱に詰めてあった白いふわふわした布が舞うのも、まったくクリスマスか誕生日みたいだった。ほら、と女はぼくを手招きした。

ぼくは女の足の間を覗《のぞ》き込んだ。骨は薄くて白く、思っていたよりもずっと小さな欠片《かけら》の集まりだった。

「この人、カッチョよかったんですか」

「櫻田さんね」

女は念を押すように言った。

「全然カッチョよくなかったわよ。でも悪い人ではなかった。とにかくわかんない人だったから、いいも悪いもわかんなかっただけだけど」

「恋人だったんですか」

「世間一般的な意味では、そう。肉体関係はあったから」

女は骨の欠片をひとつ摘《つま》みあげた。その骨は耳みたいなかたちをしていた。女は、ちょっと可愛いと思えないこともない顔でぼくを見た。

「女の子にもてたかったら、謎の男になるといいわよ。女って、セックスすれば謎が解けると思っちゃうから」

格言ですか、とぼくは言った。

「そうよ、格言よ」

女は少し気分を害したように言った。

その部屋は位置的に半地下なのかもしれなかった。だから陽が入らないし、閉めきっているのにさほど暑くないのだろう。といってももちろん快適というわけではない。ぼくは次第にむし暑く、息苦しいような気分になってきた。骨を持ってもうこの家から出たくなっていたが、女はベッドの上から動かない。骨を眺めて感傷に浸っている。放ったらかしてぼくひとりダイニングに戻ってしまえば、そのうち骨を持ってくるかもしれない。

そう思いながらベッドカバーの花を数えた。えんじ色の地にクリーム色とピンク色のバラの花。趣味は悪いが、真新しいカバーだ。買ったのはきっと櫻田という男が死んだあとだろう。

「祖母は昔、人を殺したことがあるらしいです」

女は、寝起きの子供のような目でぼくを見上げた。

「酔っぱらうとその話をするんです。祖母は普段お酒を飲まない人なんで、その話がしたくなると酒を飲む、とも言えるんですけど。窓から突き落として殺したんだって。二階だったから落ちても死にそうになかったんだけど、死ねばいい、と思って突き落としたら首の骨が折れて死んじゃったって」

実際には、祖母からその話を聞いたのはぼくの母だった。ぼくは母からそのことを聞いた。酔っぱらった母から。

母は自分の母親を持てあましているのだと思う。だから、同じように持てあましているぼくを――受験生の息子を放り出し、新幹線で二時間足らずの距離の父親の単身赴任先にわざわざついていく、と即決して――祖母に押しつけたのだろう。マイナスかけるマイナスはプラス。そう考えたかどうかは知らないけど。

ふと気がつくと、女が溶けはじめていた。

つまり女は、膝《ひざ》に骨壺を載せて胡坐をかいた姿勢のまま、上体を斜めに倒していったのだ。

「櫻田さんも同じことを言ってたわ」

ベッドカバーの上に片頬をくっつけた恰好《かっこう》で女は言った。

「窓から突き落として殺したって。人は案外簡単に死ぬんだよ、と言ってたわ」

「じゃあ、二人で殺したのかな」

女はそれには答えず、

「あたしは一度しか聞いたことないけど」

と言った。

「そのときあの人、酔っぱらってもいなかった。作り話だと思ってたわ。今の今まで。女を口説くときの小道具だって」

ガシャン、と大きな音をたてて、箱がベッドの下に落ちた。女が完全に寝そべった体勢になったために、マットレスがたわんだのだ。骨壺は、女が胸元に引き寄せていたので無事だった。姿勢のせいでワンピースが体に張りついて、女の腰から尻《しり》の線があらわになっている。

「君は、どうしておばあちゃんのお使いをする気になったの」

こちら向きの「裸のマハ」みたいなポーズだと、自分でもわかっているような表情と声で女は言った。

「夏休み、勉強だけしかしなかったから。絵日記に書くことがなくて」

ぼくの声は少し掠《かす》れた。

「そういう流行《はや》ってるの?」

「そういうのって?」

「夏休みの日記に書くことがなくて、っていうの。前にも聞いたことがあるわ、そういう科白《せりふ》。テレビだったかな」

さっきの「格言ですか」の仕返しのつもりか。ぼくはむっときて、答えなかった。

女はベッドから半身をのりだして、骨壺をゆっくりと床に下ろした。ワンピースのまるくくれた襟元から、その下に着ているもののうす水色のレースが見えた。胸の谷間も。

女は伸ばした片足を上げて美容体操みたいな動きをはじめた。足を勢いよく上げるたびにスカートがめくれて、意外に細い足首と、その上のむっちりしたふくらはぎがあらわになった。女はすくい上げるようにぼくを見た。

「夏休みの日記に、もっといろいろ書いたら?」

ぼくの顔は赤くなり、胸の鼓動が速くなった。だが腹立ちのほうが大きかった。すくなくともそう思おうとぼくはした。

「そういうの流行ってるんですか」

まずまずうまく発声できた。ざまあみろ。

きっと女はけたたましく笑うだろう。それでもぼくは満足するはずだった。だが女は笑

わず、しょんぼりした。悄然《しょうぜん》として、

「あたしは女優だから」

と呟《つぶや》いた。


映画なんかでよく観るように、骨の箱を首から提げて、ぼくは女の家を出た。骨を受け取ったらそうしようと決めていたのだ。

両手が空いているので電話をかけることもできた。ぼくは家の番号を押した。おばあちゃん？　今、骨を受け取ったよ。これから帰るよ。祖母へ告げる言葉を一言一句用意していたのに、呼び出し音を延々鳴らしても電話は繋《つな》がらなかった。午後四時過ぎ。買い物に出たとしても普段ならもう帰っている時間だ。今日は眼医者へ行く日でもなく、だとすれば祖母が家にいない理由はないのに。

すぐにも家に戻らなければならない、という気持ちにぼくはなったが、うらはらに足は、行きがけに寄ったカフェテリアに再び向いた。店内は先程よりは混んでいて、何人かが胡《う》散臭《さんくさ》げにぼくを見た。二人掛けのテーブルの一方の椅子に骨を置き、携帯電話を開く。

もう一度家にかけたがやはり祖母は出なかった。ネットに切り替え、サイトに繋いで増えている書き込みを読んだ。それから、

〈いちいちうるせえよ。逃げてねえよ。行きずりのおばちゃんとセックスしてて忙しかったんだよ。てめえらみたいに一日中ネットにしがみついてるわけじゃねーんだよ〉

と打ち込み、携帯を閉じた。

水っぽいコーラを啜《すす》り、時計を見る。

四時十八分。半になったら、サイトを見よう。さっきのぼくのコメントに反応する書き込みが、きっともう三つ四つ増えているだろう。「妄想」「キモい」が炸裂《さくれつ》してるだろう。そのあとでまた家に電話してみよう。いや、電話が先のほうがいいか。

自動ドアが開き、入ってきた客を見てぼくはおやと思った。来るとき見かけた男女だったからだ。

ああこりゃだめだって、一目でわかったわねえ。二人がぼくのテーブルのそばを通りすぎるとき、女が喋《しゃべ》っているのが聞こえた。立ち退きがあってもなくても、どっちみち一緒だったわねえ。女はさっきとは別人のようなあかるい顔で、けらけらと笑っている。男だけが振り向いて、不思議そうにぼくを見た。

解説

綿矢りさ

妊娠して臨月になり、まるく膨れたお腹を、夫に「砂丘のようだ」と心の中で思われていたのを知れば、妻はどう思うだろうか。

もし私が妻だったら〝いくら自分が産まないといっても、お腹に詰まっているのが、砂じゃなくて命だってことくらい想像できるでしょうが。これから父親になるんだから、もう少し実感持ってよ〟と驚きと共に憤るだろう。そして、ちょっとぞっとする。夫の視線の血の通っていないようなまなざしに。

毎日わずかずつ大きくなってゆく命の芽を育《はぐく》んでいるお腹を、〝触ると、それはさらさらとくずれてしまうような気がした〟と表現されたらたまらない。感激はもちろん、感慨すら無く、あるのは他人のような感想だけ。

櫻田哲生は妻の妊娠以外の、他のすべての面に対しても、どこか素っ気ない。彼自身は生きているが、彼の感情は動かされない。女性を追いかけるときでさえ、降り積もる恋心というよりは、本能で身体から動いているような。しかし彼があまりにも動かないため、周りの人間の普通であるはずの情動や行動が、生々しく引き立つ。

たとえば妻が無事に出産し、赤ん坊を抱えた看護師が、「パパ、遅いでちゅよー」という言葉と共に病室へ入ってきたときの、実の父親がそれほど嬉しそうにしていない分、目眩《めまい》がするほどの生の輝きに満ちている。彼女と私や他の人の価値観は共通している。赤ちゃんが生まれるイコール非常にめでたく、思わず興奮したり感動したりするできごと、だと。このときばかりは喜びを溢《あふ》れさせるほうが普通だ、と思っている。

彼女が病室に入ってくる瞬間まで、私は櫻田哲生の、いわば私とはまるで違う視点での物の見方に付き合わされていた。彼の体温の無い視点に抑圧されていたから、自分と似ているだろう考えの看護師が登場すれば、ほっとしていいはずだった。

しかし実際感じたのは彼女の度外れな明るさで、新しく誕生した命を無条件に祝福する彼女の、その疑いの無さぶりを、畏怖《いふ》する気持ちがわき起こった。白熱灯の光のごとく、しらじらしく、余すところなく照らし、余地がない。

櫻田哲生の小学校の清家という女性教師の、びしりとした生き方も彼と対比して凄烈《せいれつ》だ。後悔など何も無さそうな彼女の女の部分が、彼の目を通すと、まるで蛇のように迫ってくる。専門学校時代の友達の恋人の、短い髪をした璃子という女性も。彼女が恋人を殺したかもしれない可能性、その迫力にたじろぐ。成長した自分の息子の、胸につきささる痛々しさも……。

彼の視線に抑圧されながらも、いつの間にか世界を見る視線が彼をなぞる。「櫻田哲生の生涯から切り出された、10の物語。」本書の帯のこの言葉を読んだとき、私は（私は知らないが、この櫻田という人は世間ではけっこう有名で、彼を主役にした、フィクションとノンフィクションが混じったような物語なんだろうな）と予想した。表紙のシンプルで淡い色の雰囲気からするに、少し前に亡くなった画家か詩人か俳人だろうなこの櫻田という人は、とそこまで勝手に想像していた。

しかし読んでみれば、櫻田哲生ほど無名な男性はいなかった。世間的な認知などあるはずのない、想像上の人物だというだけでなく、なんというか、それ以上に無名な存在だ。

小説は描写が細かくふんだんに織り込まれて、しかも長く続くので、読んでいるうちにただの文章の連なりとは思えないほど、登場人物たちの容姿や身体の動きがまざまざと思い浮かんでくるものだ。また彼らの考えや生き方も詳しく知ることができるから、（この人は複雑な性格だな）とか（底知れない人物像だな）とか（どうもとっつきにくそう）だとか、彼らの内面が深く印象に残ったりする。

しかし櫻田哲生は非常に無個性だ。淡白だったり飾り気のないほうが、現実と近い感じがして、〝自然〟や〝リアル〟などと表現されたりするが、櫻田哲生はその二つの言葉からも遠い。個性的なほど無個性だ。

彼の獣は眠っているのだろうか。彼の妻は彼に「あなたは、いつも、どこにもいなかった」と審判を下す。だとすれば、どうか、起きて、と祈ってやまない。でもうすうす、彼の獣は常に彼の中心でぱっちりと目を開き、その澄んだ瞳《ひとみ》で、どこか白々しく仰々しく生々しい、彼の周りの普通の人間という獣を眺めていることに気づいている。

本書は二〇〇八年十一月に小社より刊行された単行本を文庫化したものです。